LOS GUARDIANES

NICOLÁS
SAN NORTE

Y LA BATALLA CONTRA

EL REY DE LAS PESADILLAS

WILLIAM JOYCE
y LAURA GERINGER

✦

Ilustraciones de WILLIAM JOYCE

Traducción de ARTURO PERAL

bam
bú
EDITORIAL

Editorial Bambú es un sello de Editorial Casals, S.A.

Título original: *Nicholas St. North and the Battle of the Nightmare King*

© 2011, del texto, William Joyce y Laura Geringer
© 2011, de las ilustraciones, William Joyce
© 2012, de la traducción, Arturo Peral Santamaría
© 2012, de esta edición, Editorial Casals, S.A.
Casp, 79 – 08013 Barcelona
Tel.: 902 107 007
www.editorialbambu.com
www.bambulector.com

Diseño de la sobrecubierta: Lauren Rille

Primera edición: septiembre de 2012
ISBN: 978-84-8343-242-6
Depósito legal: B-26087-2012
Printed in Spain
Impreso en Índice, S.L.
Fluvià, 81-87 – 08019 Barcelona

A
Jack Joyce,
un granuja estupendo e íntegro,

y a su hermana,
Mary Katherine,
que era luchadora, divertida y buena

———◄W. J.►———

Índice

◄●►

CAPÍTULO UNO

Donde se Renueva la Gran Guerra

LA BATALLA DEL REY de las Pesadillas comenzó una noche de luna hace mucho tiempo. En el tranquilo pueblo de Tanglewood, un niñito y su hermana pequeña se despertaron de un respingo. Como casi todos los niños (y algunos adultos antes o después), tenían miedo a la oscuridad. Los dos se incorporaron lentamente en la cama, aferrándose al edredón que les rodeaba como un escudo. Demasiado asustado para levantarse a encender una vela, el niño abrió las cortinas y miró por la ventana en busca de la única luz que podía verse durante aquellas noches de antaño: la Luna. Allí estaba, llena y brillante.

En ese momento, una joven luz de luna se lanzó desde el cielo a través de la ventana. Como todas las luces, tenía una misión: *proteger a los niños*.

La luz de luna brilló con todas sus fuerzas, y pareció sosegar a los dos niños. Uno a uno, suspiraron adormilados y volvieron a tumbarse. En poco tiempo estaban durmiendo de nuevo. La luz de luna escudriñó la habitación. Todo estaba a salvo. Aparte de sombras, no había nada. Pero la luz sintió algo más allá de la habitación, más allá de la cabaña. En alguna parte, algo no iba bien. La luz rebotó en un pequeño espejo de cristal sobre la cómoda de los niños y salió por la ventana.

Centelleó a su paso por el pueblo, después por el bosque de pinos y abetos, parpadeando de carámbano en carámbano. Fue asustando a murciélagos y sorprendiendo a búhos mientras recorría el viejo camino indio, que estaba cubierto de nieve. El camino la condujo hasta la zona más oscura de las profundi-

Nuestra heroica luz de luna

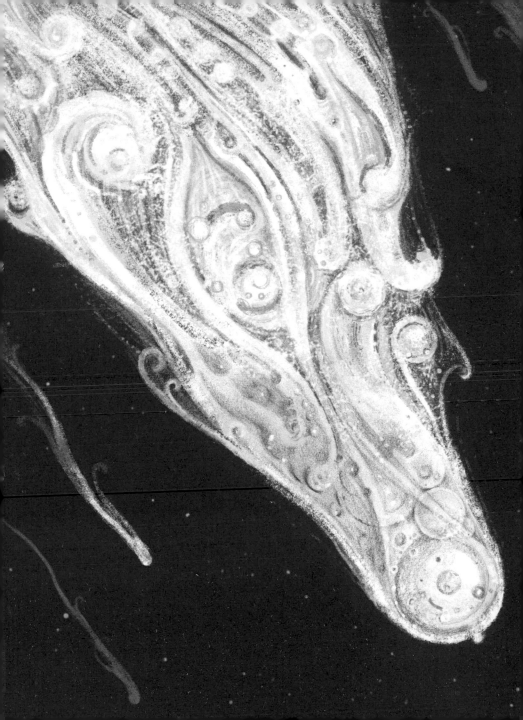

dades del bosque, un lugar temido por los moradores de la región, que casi nunca se aventuraban hasta allí. Como un reflector, la luz se abalanzó hacia la oscuridad hasta que encontró una cueva.

Unas rocas extrañas, rizadas como cera derretida, enmarcaban la entrada, que parecía un bostezo. La cueva estaba repleta de sombras que parecían respirar como seres vivos. La luz de luna titubeó. En ninguno de sus viajes había visto algo de tan mal augurio.

Entonces, sin saber si actuaba por valentía o insensatez, se lanzó tras las sombras al interior de la fosa.

La oscuridad parecía no acabarse nunca. Al final, la luz llegó a una laguna. Las aguas negras y estancadas reflejaban su brillo, iluminando tenuemente la cueva. Y allí mismo, en el centro de la laguna, se alzaba una figura gigante. Era más densa y oscura que las sombras que la rodeaban. Inmóvil como una estatua, llevaba una capa entintada como un rezumadero de petróleo. La luz de luna examinó lenta y cautelosamente aquella figura. Cuando llegó a sus ojos, ¡se abrieron! ¡La figura estaba despierta!

Las sombras empezaron a retorcerse a sus pies, llenando el aire con su grave zumbido. Crecieron hasta que se estrellaron contra las paredes de la cueva como olas que chocan contra un embarcadero irregular. ¡Pero no eran sombras en absoluto! Eran criaturas, criaturas que ningún niño o mensajero de la Luna había visto desde hacía siglos. Y la luz de luna comprendió enseguida que estaba rodeada de temores y de hombres de las pesadillas, ¡los esclavos del Rey de las Pesadillas!

La luz de luna palideció y vaciló. Quizá debiera darse por vencida y volver corriendo a la Luna. De haberlo hecho, nadie habría podido contar esta historia. Pero la luz de luna no se marchó. Al acercarse un poco más, comprendió que la fantasmal figura era la que todas las luces de luna aprendían a temer: ¡era Sombra, el Rey de las Pesadillas! Su corazón estaba atravesado por una daga diamantina que lo mantenía clavado a un montículo de mármol negro como el ébano. La luz de luna se acercó todavía más con cautela, mirando la empuñadura de cristal del arma.

Pero la luz no se mueve alrededor del cristal, sino que lo atraviesa, y de pronto la hoja la succionó. Enroscándose de un lado al otro, la luz de luna se vio arrastrada en una tortuosa carrera hasta la punta del filo. Estaba atrapada, suspendida en el corazón helado y vidrioso de Sombra. El pecho del Rey de las Pesadillas empezó a brillar desde dentro al tiempo que la luz de luna rebotaba en él frenéticamente en su intento desesperado por huir. Allí dentro hacía un frío terrible, peor incluso que en las regiones más oscuras del espacio. Pero la luz de luna no estaba sola. Justo al otro lado del filo de la daga distinguió la forma espectral de un delicado niñito que permanecía acurrucado en el hueco más alejado del corazón de la fantasmal figura. ¿Un niño? Dubitativa, la luz iluminó la cabeza del niño.

Ese pequeño haz de luz fue suficiente: el niño espectral empezó a crecer. Salió despedido alegremente del pecho de Sombra, ¡por fin libre! La luz de luna rebotó de un lado al otro, mientras el niño, con un tirón repentino, sacó la daga radiante del corazón frío que lo había mantenido encerrado. Sosteniendo el arma en el aire para iluminar su camino, ya que la luz de luna seguía encerrada dentro, el niño salió disparado hacia arriba para abandonar la cueva maldita e internarse en la noche estrellada. Cuando sus pies alcanzaron la nieve del suelo, tenía el aspecto de un niño real, siempre que se pudiese forjar un niño real con niebla y luz y cobrara vida milagrosamente.

Liberado de la daga que lo atravesaba, Sombra empezó a crecer también, alzándose como una torre de carbón viviente. Creció hasta alcanzar un tamaño

monstruoso y siguió el camino iluminado del niño hasta la superficie.

Mientras miraba el cielo con furia, Sombra olisqueó el aire extasiado. Le bastó encogerse de hombros y lanzar su capa para ocultar la Luna. Se agachó y hundió los dedos en la tierra, dejando que los olores del bosque a su alrededor llegaran hasta su inquieto cerebro. Sentía un gran apetito, abrumado como estaba por un hambre voraz que le quemaba por dentro.

Respiró profundamente, buscando en el viento invernal el premio que tanto codiciaba, el tierno alimento que había deseado incluso más allá de la libertad, durante todos aquellos interminables años de cautiverio en las profundidades: los dulces sueños de niños inocentes. Convertiría sus sueños en pesadillas, sin excepción, hasta que todos los niños de la Tierra vivieran aterrados. ¡Así se vengaría de quienes habían osado encerrarlo!

Mientras la mente de Sombra se llenaba de gloriosos pensamientos de venganza, a su alrededor se alzó una nube negra y sulfurosa que surgía de aquella cueva que parecía no tener fin. De aquel vapor, volando en todas direcciones a la vez, salieron seres oscuros que gritaban de forma espantosa: los temores y los hombres de las pesadillas. Había miles de ellos. Como si fueran murciélagos gigantes, planearon sobre el bosque y más allá, invadiendo los sueños de todas las personas que dormían cerca.

Para entonces, la luz de luna estaba desesperada. ¡Había encontrado a Sombra! ¡El Maligno! ¡Tenía que volver a la Luna a informar al Zar Lunar! Pero recordó a los niños que dormían en su cabaña. ¿Y si los temores fueran a por ellos? ¿Cómo podría la luz de luna ayudarles si seguía atrapada dentro de la daga de diamante? La luz se sacudió y se resistió, sirviendo de guía al niño, que avanzaba saltando, ligero como el aire, hasta el pue-

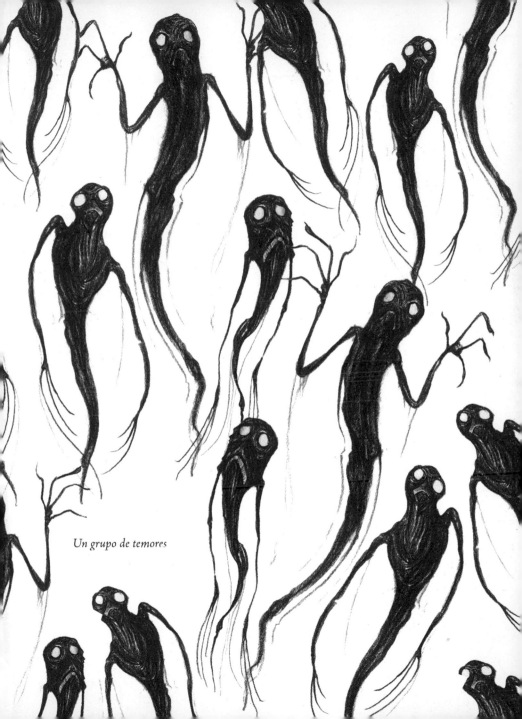

Un grupo de temores

blo de Tanglewood, y después hasta la ventana de los niños. Se detuvieron con un patinazo.

El niño espectral se subió al alféizar de la ventana. Cuando miró a los niños, en alguna parte de su corazón se removió el antiguo recuerdo de un bebé dormido y una lejana canción de cuna. Pero el recuerdo se disolvió casi con la misma rapidez con la que apareció, dejando en su lugar una profunda e inesperada tristeza.

Algo oscuro pasó a toda velocidad junto al niño y se introdujo en el dormitorio de los pequeños. De pronto, dos temores serpenteantes se quedaron suspendidos en el aire sobre los dos hermanos durmientes, que se agitaban sin cesar y se aferraban al edredón. Instintivamente, el niño espectral saltó del alféizar, agarró una rama rota que había en el suelo y le ató la daga de diamante a un extremo. Apuntó con su reluciente arma a la ventana.

Los temores se encogieron con la luz, pero no desaparecieron. Y así, por segunda vez aquella noche, la luz de luna brilló con todas sus fuerzas. Los temores no pudieron soportar aquella intensidad. Con un gemido grave, se arremolinaron juntos y luego desaparecieron sin dejar ni rastro.

Los niños se dieron la vuelta y se acurrucaron sobre las almohadas con una sonrisa.

Tras ver aquellas sonrisas, el niño espectral se rio.

Sin embargo, más arriba, en la Luna, no había ninguna razón para reír. El Zar Lunar, al que llamamos el Hombre de la Luna, estaba totalmente alerta. Algo no iba bien. Todas las noches enviaba miles de luces de luna a la Tierra. Y cada noche regresaban y presentaban un informe. Si seguían resplandecientes, todo iba bien. Pero si regresaban oscurecidas o sin lustre de sus viajes, el Zar Lunar sabía que los niños de la Tierra necesitaban su ayuda.

Durante un milenio todo había ido bien y las luces de luna habían regresado con el mismo brillo con el que habían partido. Pero ahora, una luz de luna no había vuelto.

Y por primera vez en mucho tiempo, el Zar Lunar sintió un miedo antiguo.

CAPÍTULO DOS

Donde se Muestra que Hablar las Lenguas de los Insectos Resulta Útil

EN EL INTERIOR DE LAS BOSCOSAS tierras de Siberia oriental había un pequeño pueblo llamado Santoff Claussen. Allí vivía uno de los últimos grandes magos, Ombric Shalazar, que aquella mañana estaba inmerso en una acalorada discusión con un montón de insectos nocturnos, concretamente una mariposa luna, varias luciérnagas y un gusano de luz.

No es que fuera algo inusual. Ombric podía hablar varios miles de lenguas. Hablaba con fluidez los dialectos de todo tipo de insectos, aves y bestias; incluso sabía hablar hipopótamo.

Cuando cambiaba del idioma de la mariposa luna al de las luciérnagas, un grupo de niños del pueblo, que iban temprano a la escuela, se detuvieron cerca. Muchos de ellos acababan de empezar a aprender algunas de las lenguas más sencillas de los insectos (hormiga, gusano, caracol), y aunque las de las mariposas y las luciérnagas eran difíciles (la del gusano de luz todavía más), intuyeron por el tono de la conversación que algo iba realmente mal.

Ombric solía ser un mago extraordinariamente tranquilo. Nada parecía sorprenderle. ¡Era imposible! ¡Era el último superviviente de la ciudad perdida de Atlántida! Era un hombre que había visto y hecho de todo. Podía comunicarse telepáticamente con sus búhos. Podía atravesar paredes. Convertir plomo en oro. ¡Había ayudado a inventar el tiempo, la gravedad e incluso las pelotas que botan! Pero hoy, mientras hablaba con aquel grupo de insectos, los niños vieron por primera vez que parecía perplejo y preocupado. La ceja izquierda se le arrugaba cuando la fruncía. Entonces, de repente, se volvió hacia los niños y dijo algo que nunca antes había dicho:

—Hoy no hay clase. Deberíais volver a casa... cuanto antes.

Los niños estaban asombrados. Casi decepcionados. ¡Nunca antes se habían anulado las clases, y casi nunca acababan pronto! Algunas veces se habían extendido tanto, que Ombric se había visto obligado a detener el tiempo para que pudieran seguir un rato más. Eso siempre provocaba gran revuelo, ya que todo lo que Ombric les enseñaba era, sin excepción, divertido. No solo les enseñaba a hacer que el agua fluyera hacia atrás y a embalsar un riachuelo, también les enseñaba a subirse a casi cualquier cosa, a construir catapultas y, lo mejor de todo, a entender los secretos de la imaginación.

—Entender con la imaginación —solía decir Ombric— es conquistar los límites del tiempo y del espacio.

De hecho, todo lo que estudiaban estaba centrado en cómo lograr que cualquier pensamiento —sin importar que pareciera imposible o fantasioso— se hiciera realidad. Y así, desalentados y confusos por el cambio en su rutina diaria, los niños regresaron a sus casas. Algunos vivían en árboles, otros bajo tierra, otros a medio camino entre lo uno y lo otro. Porque Santoff Claussen era un pueblo único en el mundo. Cada casa tenía un pasadizo secreto, una trampilla o una habitación mágica. Los telescopios y los techos retráctiles fabricados con brotes perennes eran habituales. Tal y como Ombric había soñado que fuera. Quería que el pueblo pareciera imposible.

Desde la época en la que Ombric era un mago muy joven, había viajado a todos los rincones de la Tierra en busca del lugar perfecto para crear un paraíso para sus compañeros soñadores. Pero no encontró el lugar exacto hasta que casi le alcanzó un meteorito (que, afortunadamente, explotó dos colinas más allá). Casi

sin comprender el riesgo que había corrido, fue a investigar el cráter, que seguía caliente. Allí mismo, justo en el centro, había un arbolillo solitario que había sobrevivido al impacto. El arbolillo brillaba, y Ombric dedujo al instante que era la energía de una antigua luz estelar.

El mago se ocupó del arbolillo, que creció, más deprisa de lo que se imaginaba, hasta convertirse en una maravilla de la naturaleza. ¡Una maravilla del cosmos! Creció hasta ajustarse al tamaño que Ombric había soñado que tendría. Y sus ramas, sus raíces y su tronco crecieron de tal forma que Ombric pudo instalarse en su interior. Los primeros niños que vieron el árbol lo llamaron la Gran Raíz. Y desde ese cuartel general, Ombric daba la bienvenida a todos aquellos con mentes inquietas y corazones amables. Pronto surgió un pueblecito. Ombric lo llamó Santoff Claussen, una antigua expresión de la Atlántida que significaba «el lugar de los sueños».

El mago trabajó día tras día para que Santoff Claussen se convirtiera en el paraíso perfecto para aprender: un lugar ilustrado donde nadie se reiría de nadie (fuera joven o viejo) que soñara con cosas posibles... e imposibles. De ese modo atrajo a su pueblo a inventores, científicos, artistas y visionarios de todo el mundo.

Ombric sabía que no todos compartían sus ideas sobre el conocimiento. ¡Mira lo que le pasó a Galileo en Italia cuando se atrevió a sugerir que la Tierra giraba alrededor del Sol! Por eso Ombric diseñó varias barreras mágicas, una dentro de otra, para proteger su pueblo. Y al igual que la Gran Muralla china, tardó siglos en construirlas.

Primero plantó un seto circular de helechos y parras para ocultar el corazón de Santoff Claussen. La tierra en torno al pueblo, muy rica en polvo de estrellas, resultó ser un fertilizante sin igual, por lo que las parras frondosas brotaron y se extendieron siguiendo las indicaciones de Ombric. Se entrelazaron y retorcieron hasta formar un seto casi impenetrable de treinta metros de alto, cubierto de espinas largas como espadas.

Pero a pesar de las espinas, a Santoff Claussen llegaban forasteros con más interés por los rumores de tesoros que por aprender. Como la mayoría de los maestros en magia, Ombric podía hacer aparecer a voluntad diamantes y gemas tan espléndidos que a cualquiera se le pondrían los ojos como platos. Los usaba para conjuros y elixires. Una vez usados, perdían todo su brillo y su valor. Sin embargo, permanecían los rumores de su incontable riqueza. Sin duda, ¡había un tesoro en Santoff Claussen! Pero no del tipo que los cazatesoros esperaban...

Pero venían a pesar de todo, ya que las riquezas que describían las historias eran demasiado tentadoras para los cazatesoros. Pero cuando se toparon con un mago furioso, empezaron nuevos rumores. Llamaban a Ombric hereje, brujo e incluso cosas peores. Se decía que había robado las almas de la gente de Santoff Claussen y que había que quemarlo en la hoguera.

Por eso Ombric creó un segundo círculo de protección: un enorme oso negro, el más grande de toda Rusia, con un valor y una devoción incuestionables. El oso rondaría la región para proteger al pueblo de cualquiera que quisiera hacerles daño.

Después, en el límite exterior, Ombric plantó el tercer círculo, esta vez de robles majestuosos, los más grandes del mundo, cuyas enormes raíces podrían alzarse y cortarle el paso a cualquiera que intentara entrar con malas intenciones. Ombric tuvo que rebuscar en siete de sus cuadernos más antiguos para encontrar el encantamiento adecuado para llevar a cabo aquella proeza.

Y por si acaso aquello no era suficiente para mantener fuera a los intrusos, Ombric hizo aparecer un último elemento: un ser tentador y fantasmal de seductora sonrisa. Adornada con lo que parecían ser gemas relucientes, esa Ánima del Bosque podía conducir a los visitantes hostiles o innobles a un final concreto y útil: los convertía en piedra, condenándolos para siempre a ser parte de las defensas del pueblo.

Los esfuerzos de Ombric fueron todo un éxito. Con el tiempo, cada vez menos villanos acudían a Santoff Claussen, y los forasteros que aún sabían que existía hablaban del pueblo solo en susurros. Decían que era un lugar encantado. Hechizado. Un misterio que, para bien de todos, estaba mejor sin resolver.

No obstante, resolver misterios era uno de los pasatiempos favoritos de los habitantes del pueblo, de los niños en especial. Pero la magia de Ombric era el misterio que suscitaba más curiosidad. Les encantaba visitarlo sin preaviso, con la esperanza de encontrarlo en plena invención de una nueva especie de cerdo parlante, o de ranas que pudieran lanzar flechas con arcos. Cuando llegaban, escuchaban a su maestro perorar sobre el tema que estuviera investigando.

Siempre se reunían en torno a la mesa de Ombric, donde tocaban y daban golpecitos a todos los trastos y los cachivaches ruidosos, las probetas burbujeantes de sorprendentes colores y formas, los modelos de planetas conocidos y desconocidos, los relojes que podían doblar el tiempo, las herramientas con funciones extrañas y maravillosas, las máquinas de viento aladas, los manipuladores del clima, las lupas tan potentes, que permitían ver las escrituras secretas de gérmenes y microbios... y los libros. Un sinfín de libros. Montañas de libros que contenían el conocimiento desde el principio de la historia.

A los niños les encantaba oír hablar de las sirenas cantoras de la isla de Zanzíbar, de los piratas del río Yangtsé o de los «abominables», esos hombres de las nieves que merodeaban por las faldas de las montañas junto a la cima del mundo.

Pero aquella mañana, al regresar de su conversación con sus amigos insectos, debía quedarse solo en su estudio. Aquel día no podía haber niños en la Gran Raíz. Sacó los volúmenes más antiguos de su librería y los leyó con atención. En silencio. Y con el ceño fruncido. ¡Los insectos le habían contado cosas que habían visto en su bosque encantado! Cosas alarmantes. Habían llegado sombras que parecían proyecciones de algo invisible. Sombras silenciosas de formas extrañas. Y cada noche se adentraban más en el bosque, acercándose poco a poco a la Gran Raíz.

CAPÍTULO TRES

Un Paseo Aterrador por el Bosque

OMBRIC SIGUIÓ ESTUDIANDO y preocupándose en su laboratorio de la Gran Raíz hasta que las primeras luciérnagas empezaron a brillar. Un mal antiguo se acercaba, estaba seguro, pero aún no había dado con un plan o una poción para combatirlo. Sin embargo, a Ombric le consolaba saber que aún tenía tiempo para pensar, ya que la vida a su alrededor se desenvolvía como de costumbre. Las tardes en Santoff Claussen no eran como las de otros pueblos. En la mayoría de pueblos, el crepúsculo señalaba el final del día, la hora de cerrar las tiendas. Pero aquí se alzaban los telescopios, se llevaban a cabo experimentos y el ajetreo de las mentes activas inundaba el ambiente. Los niños asediaban a sus padres con preguntas: «¿Se puede capturar un sueño? Si soñamos que volamos, ¿volamos de verdad? ¿Los juguetes cobran vida por la noche, cuando nadie los ve?» Se exploraban posibilidades sin límite, o al menos hasta que los niños tenían que volver a casa.

Los pequeños eran astutos, incluso brillantes, a la hora de evitar el momento más temido del día: «la hora de dormir». Era la única tarea casi imposible a la que se enfrentaba el pueblo todas y cada una de las noches. En una ocasión, los niños se disfrazaron de estatuas. Otra noche, se las ingeniaron para esconderse en los cuadros de las paredes. La mayoría de las veces se adentraban en el bosque, donde incluso el oso los ocultaría. Y la manada de grandes renos estaba claramente de su parte, porque fueron muchas las tardes en las que, perseguidos por los padres, aquellos animales galopaban entre los árboles con niños riendo sobre sus lomos.

Al final se inventaron trampas para niños con el fin de acortar el ritual de cada noche. Las trampas, con suavidad y firmeza, atrapaban a los niños, los lavaban, les cepillaban los dientes, les ponían el pijama y los catapultaban a sus dormitorios.

Pero a los niños se les daba cada vez mejor evitar aquellas trampas, por lo que la resistencia nocturna se volvió cada vez más compleja. Era un juego que los padres consentían y que a Ombric siempre le había gustado, pero había momentos en los que llegaban al límite de su paciencia. En una ocasión, los niños llegaron a permanecer a la vista en las cimas de los árboles que rodeaban el pueblo, pero como se habían pintado del color del cielo y de las estrellas —con las pinturas mágicas de Ombric, nada menos—, no fueron descubiertos hasta el amanecer.

No obstante, aquella tarde en concreto, las cosas transcurrieron de forma totalmente distinta. Los niños estaban cansados, dijeron. Listos para acostarse, dijeron. Querían acostarse. Voluntariamente. ¡Y pronto! Los padres no sabían si era un regalo, un engaño o una epidemia. Pero como eran padres —y estaban cansados de la resistencia nocturna—, aceptaron agradecidos. Por una vez disfrutarían de arroparlos temprano.

Pero todos los niños estaban tramando una conspiración que funcionó a la perfección. Cuando sus padres dormían a pierna suelta, los niños se escabulleron de sus casas, fueron hasta la Gran Raíz sin ser vistos y se adentraron corriendo en el bosque encantado. Porque ellos también habían hablado con las hormigas y las babosas (las babosas hablaban una variante del dialecto de los gusanos) después de que Ombric les dijera que no fueran al laboratorio. Lo que las hormigas y las babosas contaron era difícil de entender porque las palabras «infiltrado» y «desconocido» eran difíciles de traducir. Una niña, Katherine, la de los ojos grises, la única niña a la que criaba Ombric y que, de hecho, vivía en la Gran Raíz, comprendió mejor que nadie la conversación.

—Hay algo nuevo y extraño en el bosque —les contó a los demás.

Los insectos no estaban seguros de qué era. A los niños ni siquiera se les pasó por la cabeza la idea de que los invasores pudieran ser buenos o malos. Solo estaban practicando lo que habían aprendido: estaban siendo curiosos. Así que, farolillo en mano, avanzaron impacientes por descubrir a sus nuevos y misteriosos huéspedes.

Los niños se adentraron más y más en el bosque, siguiendo los senderos que les resultaban familiares. No les saludó ni un solo búho ni una ardilla. Ninguna mofeta les dijo hola. Ni siquiera se oían los pasos o los ronquidos del oso, que tanto les tranquilizaban. Todo estaba extrañamente en silencio. La luz de la luna apenas atravesaba el toldo formado por las ramas y las parras.

Los niños se miraron unos a otros con nerviosismo. Ninguno quería ser el primero en proponer que dieran marcha atrás. Ombric los llamaba «intrépidos y temerarios». ¿Cómo iban a dar media vuelta?

Pero en ese momento hasta el aire pareció adquirir una quietud innatural y, por primera vez, los niños sintieron miedo. Se arrimaron unos a otros y vieron que la oscuridad crecía. Entonces también ellos se quedaron callados.

El primer grito se produjo cuando los temores casi les habían alcanzado.

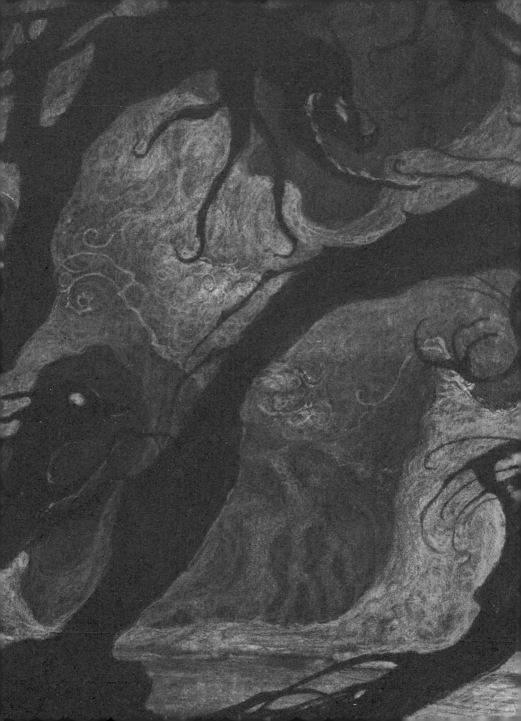

CAPÍTULO CUATRO

De las Sombras Surgen Misterios Más Profundos

LAS SOMBRAS AVANZABAN lentamente, sin hacer ruido, rodeando a los niños y acercándose a ellos más y más con cada vuelta que daban.

Los niños se apiñaron todo lo que pudieron. Al principio habían gritado, pero eso solo había atraído más a las sombras, así que habían vuelto a guardar silencio. Se miraron entre sí con el rostro tenso por el miedo bajo la tenue luz del farolillo. ¿Cómo podrían defenderse de aquellas cosas innaturales? ¿Qué habría hecho Ombric en su lugar?

El mayor de los niños, William el Alto, el primer hijo de William el Viejo, abrió por completo la rejilla del farolillo y lo levantó lo más alto que pudo. Pero las sombras arácnidas se alargaron, acercándose al grupo de niños de forma todavía más amenazadora.

—Creí que serviría de algo —dijo, confuso, intentando parecer valiente. Entonces cerró la rejilla del farolillo.

—Quizá deberíamos echar a correr —propuso otro niño.

—¡No! —exclamó Katherine—. Tenemos que seguir juntos. ¡Mirad! ¡Algo se acerca!

Señaló unas minúsculas luces que estaban empezando a salpicar el bosque a su alrededor. ¡Luciérnagas! Había demasiadas para contarlas; avanzaron como un enjambre que atacó a las sombras como flechas luminosas lanzadas por un arco invisible. Poco después, las aves, los renos y casi todas las criaturas del bosque se unieron a ellas. Entonces los árboles empezaron a balancear sus ramas, y las viñas se agitaron como látigos. Pero ¿cómo se combate una sombra?

Las tinieblas se fragmentaron. Pero como eran sombras, volvían a unirse, adquiriendo formas diferentes. Partieron y aplastaron las viñas y rechazaron a los protectores del bosque como si fueran hojas al viento. Impertérrito, el ejército del bosque luchó desesperadamente, alzándose una y otra vez para proteger a los niños. Sin embargo, las sombras sortearon a sus atacantes y se deslizaron hasta envolver a los niños en un manto de oscuridad. Los niños de mayor edad se antepusieron enseguida a los más pequeños en un último esfuerzo por protegerlos. *¿Y dónde estaría el oso? Seguro que nos ayudará*, pensaron mientras la oscuridad entintada inundaba el bosque.

Entonces surgió de la noche algo veloz y brillante, algo que se movía tan rápido, que casi no se podía ver. Brillaba más que el fuego, y las sombras se encogieron. Luego se oyó una risa clara y maliciosa.

Durante un instante preciso, los niños distinguieron a un niño espectral que sostenía un bastón cuyo extremo brillaba como la luz de la luna. El niño parecía refulgir como gotas de luz. Permaneció con calma en mitad de aquel caos, mientras de su risa surgían bocanadas de niebla que se quedaban flotando en el aire. Y en ese momento, su figura se volvió borrosa, transformándose en cientos de rayos de luz refractante que se unieron en torno a los niños como un cono protector, apartando de ellos el manto de sombras. Después burbujeó en todas direcciones, alejando a todas las sombrías criaturas que había a la vista.

Cuando desaparecieron las sombras, también desapareció el niño espectral, dejando atrás solo una brisa de carcajadas brumosas que se quedó flotando sobre el bosque como un eco.

Los niños se incorporaron lentamente. Las criaturas del bosque se enderezaron. Mientras los niños y las niñas miraban a su alrededor con incredulidad y sorpresa, vieron a sus padres y Ombric acercándose desde el límite del bosque. Por una vez, en aquel pueblo donde la sorpresa estaba a la orden del día, nadie sabía bien qué decir sobre lo que acababan de presenciar. Incluso Ombric se había quedado sin habla durante unos momentos. Pero el mago ya sabía a qué tendrían que enfrentarse.

—Dados los acontecimientos, opino que el lugar más seguro donde pueden dormir los niños esta noche es la Gran Raíz —dijo al fin—. Un antiguo mal se ha despertado… y debo contaros más cosas sobre ello. Venid.

Y antes de que nadie pudiera mostrarse de acuerdo o en desacuerdo, el mago ya había abierto su capa de golpe y los había transportado al árbol.

CAPÍTULO CINCO
La Edad de Oro

PARA SER UNA PERSONA tan ajena al mundo, Ombric resultó ser un anfitrión muy atento. No solo trajo a todos los habitantes del pueblo a su árbol, sino que con una orden callada, pidió a la Gran Raíz que formara dormitorios para los niños. El árbol cumplió sus deseos, como siempre había hecho. En la zona central del árbol, que estaba vacía, se materializaron unas literas, que se ordenaron en abanico como los rayos de una rueda gigante. Cada fila tenía una altura de cinco camas. Y, retorciéndose en el centro, había una escalera de caracol.

Junto a cada cama flotaban en el aire galletas, chocolatinas y tazas de chocolate caliente. El temor de los niños disminuyó al abalanzarse sobre los dulces. Los adultos estaban más preocupados. Sabían que aquellos manjares eran para darles consuelo. Así se animarían… ¿Qué iba a contarles Ombric?

Mientras los niños se deleitaban viendo el tipo de galleta que habían recibido, Ombric se situó al final de la escalera mirando pensativamente hacia arriba, hacia lo alto del hueco de la Gran Raíz. Alargó un dedo hacia arriba y empezó a moverlo trazando círculos. La corteza de la parte superior del árbol comenzó a pelarse hasta que se abrió un gran portal circular parecido a una ventana.

Allí estaba el pueblo entero, con los padres, los abuelos, las tías y los tíos. Se veía el cielo estrellado y la Luna, que brillaba con toda su fuerza y su esplendor.

—Esta noche nos hemos visto envueltos en una antigua guerra —comenzó Ombric mientras ascendía lentamente por la escalera—. Mirad nuestra Luna. No siempre estuvo ahí para iluminar la noche. Nos la trajo una guerra… una guerra contra el Rey de las Pesadillas. —Hizo una pausa y agitó el brazo en dirección a la esfera luminosa.

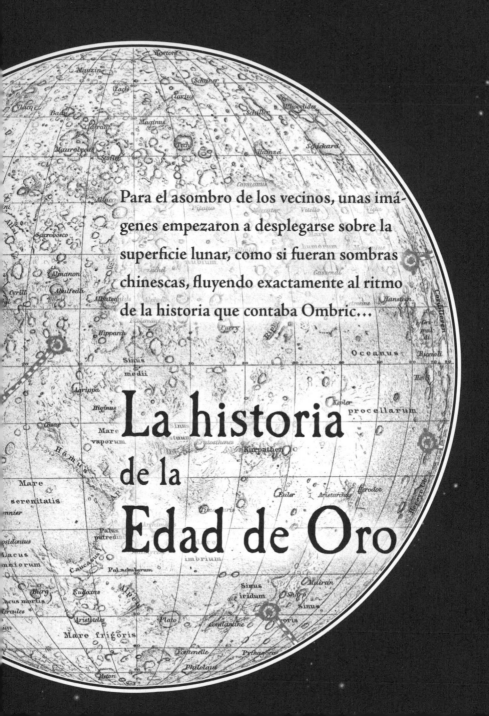

Para el asombro de los vecinos, unas imágenes empezaron a desplegarse sobre la superficie lunar, como si fueran sombras chinescas, fluyendo exactamente al ritmo de la historia que contaba Ombric...

La historia
de la
Edad de Oro

Hubo una época llamada la Edad de Oro. Se dice que nunca ha existido ni existirá nada tan magnífico. Viajar entre planetas y estrellas era habitual en aquel tiempo. Las galaxias estaban llenas de aeronaves de todos los tamaños y las formas imaginables. Y el universo estaba regido por las constelaciones, que eran grupos de estrellas y planetas dirigidos por grandes familias benefactoras que gobernaban con imaginación, imparcialidad y gracia. De estas regias familias, la Casa de Lunanoff era la más querida; si durante la Edad de Oro hubo una verdadera realeza, eran el zar y la zarina Lunanoff.

Sin embargo, antiguamente, en los Mares del Espacio abundaban las bandas de forajidos peligrosos:

los temores, los hombres de las pesadillas y los piratas de los sueños. Los Lunanoff habían jurado librar la Edad de Oro de todo mal, y junto con las demás constelaciones, construyeron una prisión de plomo en las regiones más alejadas del espacio. Allí sepultaban a los criminales del cosmos en la eterna oscuridad hasta que se convertían en poco más que sombras. Y la Edad de Oro prosperó.

Pero la oscuridad regresó en la cambiante forma de un villano llamado Sombra. Sombra había sido el mayor héroe de su época. Al frente de los ejércitos dorados, había capturado a todos los temores y los demás seres de su calaña. Y cuando todo el mal hubo sido arrancado de raíz, se ofreció voluntario para vigilar la única entrada de la prisión. Las constelaciones aceptaron, ya que con el valiente Sombra vigilando, ningún prisionero de pesadilla podría escapar jamás.

Pero el mal es una fuerza astuta. Puede encontrar la debilidad en cualquier hombre, incluso en el más intrépido. Durante años, Sombra escuchó los constantes susurros de los prisioneros suplicando al otro lado de la puerta.

–Una bocanada de aire fresco. Por favor –murmuraban–. Un poco de brisa.

Basta un instante de debilidad para dejar que el mal entre... o salga. Y un día Sombra abrió la puerta, tan solo para dejar que entrara un poco de aire.

Fue suficiente.

Las malvadas tinieblas salieron corriendo y envolvieron a Sombra. Se derramaron dentro de él, poseyéndolo por completo hasta que oscurecieron su alma para siempre. Desde entonces se convirtió en un loco: su fuerza y sus habilidades se multiplicaron por diez, y su corazón, que antaño era noble, se volvió frío y cruel. Su mente se ha-

bía retorcido con los deseos de venganza de las sombras. Destruiría la Casa de Lunanoff. Pondría fin a la Edad de Oro que antes había amado y protegido. Y lo haría transformando todos los buenos sueños en pesadillas.

Acompañado por los hombres de las pesadillas y los temores, Sombra surcó los cielos sobre nubes de miedo, saqueando planetas, extinguiendo estrellas, hundiendo cualquier aeronave que se cruzara en su camino, robando con salvajismo cualquier sueño y sustituyéndolo por amargura y desesperación. Los sueños que más ansiaba eran los de los niños, los de los corazones puros. Podía sentir a los niños a siete planetas de distancia, y con solo tocarlos con la mano, podía hacer que las pesadillas les atormentaran el resto de sus vidas. Y a algunos les reservaba un destino peor. Sombra convirtió a algunos niños en temores. Se regodeaba con sus penosos gemidos al transformarse en oscuros fantasmas.

Sombra había saqueado todos los puestos fronterizos de la Edad de Oro, excepto la Constelación Lunanoff. Había reservado lo mejor para el final. Porque los Lunanoff tenían un bebé. Un niño. No solo un niño, sino un príncipe. El Príncipe Lunar. ¡Y el Príncipe nunca había tenido ni una sola pesadilla!

Para el más joven de los Lunanoff, Sombra tenía planeado un destino especial. El Rey de las Pesadillas lo convertiría en uno de los suyos. El Príncipe Lunar no sería un temor cualquiera. ¡No, sería el Príncipe de las Pesadillas!

Y así comenzó la persecución. Los Lunanoff
sabían que Sombra iría a buscarlos. Construyeron
una nave excepcional llamada Clíper Luna que no
solo era la más rápida de las galaxias, sino que, pul-
sando un solo botón, se convertía en una luna. Los
Lunanoff viajaron a toda vela hacia una galaxia lejana
con una tripulación de lunabots incondicionales.
Su destino: un minúsculo e ignoto planeta verde
y azul que solo ellos conocían. Se llamaba Tierra.
En aquella época, la Tierra no tenía luna, por lo que
era un destino perfecto. Si Sombra se acercaba, se
ocultarían con su disfraz de luna.

Pero a pesar de los esfuerzos de los Lunanoff, Sombra dio con ellos. Atacó justo cuando se
aproximaban al pequeño planeta. Fue la última gran
batalla de la Edad de Oro y fue diferente de todas
las que habían presenciado las galaxias, puesto que
el zar y la zarina Lunanoff habrían muerto antes que
dejar que Sombra se llevara a su hijo. La tripulación

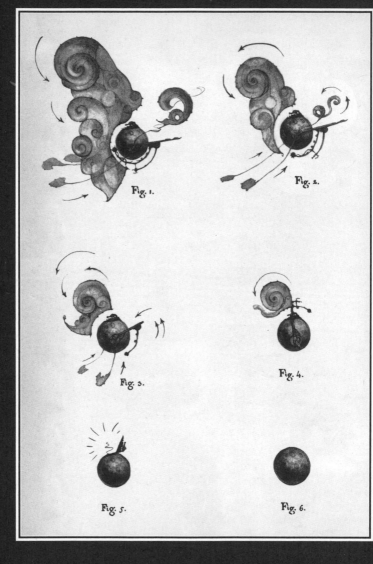

Fig. 1.

Fig. 2.

Fig. 3.

Fig. 4.

Fig. 5.

Fig. 6.

también estaba preparada para luchar hasta el final, y conocía el secreto para luchar contra las sombras. Usaba espadas, lanzas y bombas talladas a partir de meteoritos y estrellas fugaces que se llenaban de un brillo astral insoportable para las tinieblas.

Aunque los Lunanoff defendieron con heroísmo el Clíper Luna, el casco exterior de la nave recibió tantos azotes y golpes, que sus cañones se dañaron y no pudieron disparar más. Entonces Sombra y sus innumerables fantasmas lograron aplastar el Clíper Luna. Y en el momento en el que capturaron al zar y la zarina Lunanoff, se produjo una gran explosión, más luminosa que veinte soles. Nunca se ha sabido cuál fue la causa de la explosión. Quién o qué paró los pies a Sombra es uno de los mayores misterios de la Edad de Oro.

Nunca se volvió a ver a Sombra y a sus temores. Ni a los padres del joven príncipe. Y el Clíper Luna no volvió a desplegar sus velas. Giraría para siempre alrededor de la Tierra con el aspecto de una roca inerte.

¿Y qué fue del principito? Durante la batalla, sus padres lo habían ocultado en una estancia situada en las profundidades de una de las muchas concavidades de la Luna.

El príncipe sobrevivió junto con un pequeño contingente de lunabots y otras criaturas lunares. Pero el Príncipe Lunar ya no era un príncipe. Era el nuevo Zar Lunar, el único superviviente de la Casa de Lunanoff. La devoción de los lunabots por el joven zar era inagotable: hicieron todo lo que estaba en su mano para compensar la soledad que sentía el zar sin sus padres. Lo adoraban y le consentían. Con la Luna entera como patio de recreo, su vida era una serie inacabable de días alocados, precipitados y de absoluta libertad. Había túneles que explorar, cráteres por los que deslizarse y cimas desde las que saltar (es lo bueno de la escasa gravedad).

No había colegio, ni horario, ni hora de acostarse, ni normas de verdad. Pero el planeta se convirtió

en su colegio en virtud de sus maravillas. Aprendió
a usar los batallones de telescopios que sus padres
habían ocultado en las cuevas secretas del Clíper
Luna. Empezó a observar la cercana Tierra y su gente.
Y esa actividad se convirtió en uno de sus pasatiempos preferidos: observar las familias terrícolas, que
se parecían mucho a la suya tiempo atrás. Saber que
había gente cerca le dio consuelo y alivió su soledad.

A medida que crecía, el joven zar empezó
a considerar a los niños de la Tierra sus amigos, así
que empezó a enviarles sueños usando máquinas de-
sarrolladas durante la Edad de Oro y que seguían
a bordo del Clíper Luna. Y la Tierra empezó a flore-
cer de un modo sin precedentes.

Pero el Zar Lunar permanecía siempre vigilante,
temeroso de que algún día Sombra pudiera regresar
de algún modo y destruyera la nueva Edad de Oro
que esperaba traer a nuestra Tierra.

Entonces Ombric interrumpió el relato. Las imágenes de la Luna se desvanecieron. Los vecinos se volvieron hacia el mago.

—Sombra ha regresado —dijo Ombric sin alterar la voz—. Tenemos pruebas. —Sacó un tarrito de cristal de su capa. Dentro había un temor del tamaño de un puño, revolviéndose y deseoso de escapar. Un coro de gritos preocupados surgió de entre los niños y sus padres.— No puede salir —les tranquilizó Ombric—. El cristal está hecho con arena de estrella, como las ventanas de la Gran Raíz.

Todos asintieron aliviados. Entonces retumbó una marea de preguntas.

—Entonces, ¿estamos a salvo? —preguntó un padre.

—¿Van a volver?

—¿Cómo podemos combatirlos?

—¿Eres lo bastante poderoso para pararlos?

—¿Quién era el niño del bastón?

—¡Tú puedes ver el futuro! ¡Cuéntanos qué ves!

Ombric alzó la mano para que se callaran. Lanzó una mirada anciana a sus amigos y frunció el ceño profundamente.

—Es cierto, sé muchas cosas —dijo—. Pero esto está más allá de mis habilidades. De una cosa estoy seguro: somos fuertes. Somos valientes. Pero necesitaremos ayuda. Los niños dormirán aquí esta noche; estarán más seguros.

Después abrió el tarro con el temor. La criatura salió a toda prisa y voló por toda la estancia, arremolinándose y precipitándose entre las literas. Los niños se ocultaron bajo las mantas cuando se les acercaba. Los padres hacían ademanes para protegerlos, mirándose unos a otros con nerviosismo. Un instante después, una luz de luna descendió reluciente desde la Luna y persiguió al temor. La luz es más rápida que la sombra, así que la luz atrapó sin dificultad a su rival y, con un solo toque, la criatura se disolvió y desapareció.

Cuando la sala se hubo calmado, Ombric se acercó a esa nueva luz de luna.

–¿Lunar ha enviado al niño luminoso? –preguntó con apremio en la voz. Los niños se sonrieron los unos a los otros. ¡Por supuesto que Ombric hablaba la lengua de la luz de luna! La luz se atenuó y parpadeó. Ombric meneó la cabeza–. ¿No? Qué interesante. –Se atusó las cejas y le dijo a la luz:– Vuelve a casa, joven soldado. Cuéntale al Zar Lunar lo que has visto. Enviadnos toda la ayuda que podáis.

La luz de luna permaneció un rato inmóvil y después se lanzó a través del hueco abierto de la Gran Raíz en dirección al cielo.

–¿Nos ayudará? –preguntó un niño llamado Niebla.

–Estoy seguro de que sí –contestó Ombric.

—No quiero tener pesadillas —exclamó la hermana de Niebla.

—¿Me acabarán convirtiendo en un temor? —preguntó Katherine, que estaba sentada en su cama habitual.

Ombric se volvió hacia Katherine. Había cuidado de ella desde que era un bebé, por lo que ocupaba un lugar especial en su corazón.

—¡No mientras quede aliento en este viejo mago!

Entonces, mientras sus cejas volvían a la posición de calma habitual, movió un solo dedo en círculo para cerrar el portal en lo alto del hueco de la Gran Raíz y deseó buenas noches a los padres. Lo mejor que podían hacer era dormir un poco. Pero en la región más oscura de la noche, el sueño se hizo pedazos. Un rugido terrible y atronador retumbó por todo Santoff Claussen.

CAPÍTULO SEIS

Nicolás San Norte
(Una Ayuda Insólita)

MÁS TARDE AQUELLA NOCHE, en el andrajoso campamento de los rufianes más salvajes de la estepa rusa, dormía el joven jefe de los bandidos, llamado Nicolás San Norte. Nadie sabía exactamente su edad, puesto que ni siquiera él sabía cuándo era su cumpleaños, pero tenía edad suficiente para empezar a dejarse barba y era, sin duda, el granuja más osado de toda Rusia. No era un héroe, pero se decía que en una ocasión había derrotado a un regimiento de caballería entero con un cuchillo de carne de hoja curva, mientras comía. Sin duda, tenía unas habilidades impresionantes para la esgrima, pero en absoluto el tipo de logro que enorgullecería a una madre.

Norte no tenía ni madre ni padre, o al menos no lo recordaba. Nunca le habían arropado en la cama. No sabía lo que era la seguridad del hogar ni el beso tierno de una madre, ni la feliz complicidad de la compañía paterna. Había pasado la infancia en el campo y solo tenía consciencia de ser al mismo tiempo depredador y presa. Hay habilidades que se desarrollan cuando uno crece olvidado y asilvestrado: los ojos atentos, los pies ligeros y una velocidad imposible. Esas habilidades eran la lengua materna de Norte… Esas, y la extraordinaria capacidad de saber dónde se encontraba el peligro. De niño había huido de aquel sentimiento, pero al crecer empezó a buscarlo.

Los árboles tienen anillos de crecimiento para cada cumpleaños, pero Norte no tenía forma de marcar el tiempo que había transcurrido. Con todo, debía de ser adolescente cuando fue acogido por los cosacos, la tribu de guerreros más brutal del Imperio Ruso. Norte no tardó en convertirse en su mejor luchador. Ya fuera con puñal, daga o pistola, no tenía rival. Le enseñaron su lengua. Y después, su encanto les dejó sin raciones, sin víveres y sin sentido común. Lo lógico sería suponer que descubrir el civismo (si se puede considerar que los cosacos son «cívicos») domaría al muchacho, pero Norte seguía siendo igual de salvaje; solo que ahora, tras aprender de aquellos guerreros, era más malicioso, más poderoso y estaba mejor alimentado.

No obstante, aparte de esas dudosas cualidades, era una persona sonriente.

—La vida está repleta de peligros y desengaños —solía jactarse—. ¡Me río de los dos!

Pero dejando de lado su humor y su encanto, Norte solo pensaba en sí mismo: solo le interesaba la emoción de la batalla y la búsqueda de tesoros. Pero los cosacos, en el fondo, eran gente cruel, y Norte, a pesar de su escasa moralidad, no podía acatar su falta de respeto por la vida humana.

Así, pues, abandonó la hermandad de los cosacos y se convirtió en un bandido, el más famoso de Europa. Estaba siempre alerta y nunca había sido capturado. Norte y su banda de forajidos de la peor especie habían saqueado los bienes de la mitad del continente. Pero el dinero no les duraba mucho tiempo. Se lo jugaban y lo malgastaban casi tan rápido como lo habían robado.

Norte estaba profundamente dormido, soñando cómo podría robar la otra mitad de las riquezas del continente, cuando la luz de luna, enviada por el Hombre de la Luna en persona, descendió brillando hasta el campamento de los bandidos. Corrió de un bandido a otro, parpadeando junto al oído de Serguéi el Terrible. No, este no es. Putin el Espeluznante. Este tampoco. Gregor el Apestoso. ¡Puaj! Se había equivocado otra vez. Entonces encontró por fin a Norte. ¡Ah, sí, el príncipe bandido! La luz de luna empezó a transmitir el mensaje en un ruso perfecto: un sueño con forma de historia con la que el Hombre de la Luna esperaba seducir al joven Norte.

Nicolás San Norte farfulló y se retorció en sueños, intentando alejar aquel fulgor, pero la luz de luna insistió. Tenía una misión muy importante. Cuando logró introducir el sueño en la mente somnolienta de Norte, regresó al cielo a toda prisa.

Si alguien hubiese estado despierto en el campamento en ese momento, habría visto a Norte con los ojos cerrados, ladeando la cabeza de un lado al otro durante varios minutos, como si estuviese escuchando una historia sorprendente. Entonces Norte empezó a reírse con una carcajada ruidosa, profunda y sonora que no se detenía. Fue volviéndose más fuerte y densa, hasta que acabó despertando a sus hombres. Estos observaron a su líder sorprendidos. Seguía durmiendo, pero se reía cada vez más.

Al final, hasta los caballos empezaron a revolverse. Y de todos los que había, Petrov, el caballo de Norte, fue el único con valor para acercarse. Los ladrones respetaban a Nicolás —incluso lo admiraban— y lo seguirían a cualquier lugar. Pero era imprudente e impredecible; sin duda, de esa clase de gente a la que NO se despierta. Sin embargo, Petrov atravesó tranquilamente el campamento y se detuvo junto a su dueño. Era un caballo inteligente, más que la mayoría de los hombres de Norte. Meneó con rapidez la cabeza para que el extremo de las riendas cayera sobre el rostro risueño de Norte.

El jefe de los bandidos se despertó, pero no dejó de reírse. Su carcajada aún se volvió más fuerte. Todavía riéndose, se levantó de un salto, agarró dos pistolas de su cinturón y las disparó al aire. Luego, de un solo salto, aterrizó sobre la montura de Petrov, tomó las riendas y se adentró en la oscuridad corriendo sin mediar palabra.

Sus hombres se acurrucaron junto a la hoguera, confundidos por la partida de Norte. Pero uno por uno fueron alzándose, montaron sus caballos y se adentraron en la noche tras su líder. Era noche cerrada. Estaba demasiado oscuro para ver, pero no importaba. Aún se oía la risa. Y por su tono sabían que Nicolás San Norte los dirigía hacia aventuras y riquezas más allá de cualquier cosa que pudieran haber soñado jamás.

Norte celebra su sueño con dos tiros.

CAPÍTULO SIETE

En Realidad No Es un Capítulo, Sino Tan Solo una Pieza Más del Gran Rompecabezas

EN UNA ESCARPADA CUMBRE sobre la estepa rusa, aquel niño, aquel niño espectral que se había enfrentado a los temores y las sombras, se escondía de la luz de la luna. Se asomaba entre las rocas que los antiguos glaciares habían dejado allí, para después volver a hundirse en las tinieblas. La Luna sabía que estaba allí. Un puñado de luces de luna bailaron sobre las rocas como para incitarle a salir. El niño se asomó de nuevo, se apartó y después no pudo evitar volver a mirar. Las luces rebotaron de una roca a otra y, poco a poco, como si dudara, el niño avanzó hacia la luz y alzó la vista hacia la Luna.

Por una vez, se quedó totalmente quieto, escudriñando el luminoso orbe de la Luna. Empezó a reconocer un rostro... un rostro de mucho tiempo atrás. Era el de su amigo más antiguo y querido, a quien no había visto desde la batalla contra Sombra. Docenas y después cientos de luces de luna descendieron centelleando y bailaron alrededor del muchacho. El viento empezó a agitarse y a su lado surgieron, a menos de un brazo de distancia, húmedas nubes de montaña. Las luces de luna empezaron a refulgir y cambiar.

La luz atrapada en el bastón rematado por un diamante centelleó ansiosa. El bastón empezó a agitarse en la mano del niño. Se lo acercó al rostro y miró la luz de cerca. Parecía que le hablaba. Alzó instintivamente el bastón hacia el cielo. Las luces de luna a su alrededor se dirigieron hacia el diamante. Con febriles destellos de luz, parecían celebrar el encuentro con su camarada. Parecía que intercambiaban mensajes, y después el bastón tiró del niño hacia unas nubes pasajeras. Mientras aquel brillo inundaba el aire, el niño dio un paso más allá de la cima de la montaña. ¡Pero no se cayó! Cuando tenía el pie suspendido, acabó posándose sobre una de las nubes que pasaban por allí.

El niño espectral dio un paso y luego otro. Miró hacia abajo y a su alrededor. ¡Estaba caminando sobre una nube!

Un instante después, se puso a correr, brincando de nube en nube, más rápido de lo que parecía posible. Estaba sonriendo como ningún niño, espectral o como sea, ha sonreído jamás.

CAPÍTULO OCHO

Donde lo Imposible Ocurre con Sorprendente Regularidad

NICOLÁS SAN NORTE y sus hombres cabalgaron toda la noche, pero el trayecto resultó de lo más antinatural. La risa de Norte por fin se había apagado, pero seguía avanzando incansablemente hacia el sur, como un demente feliz. La Luna parecía iluminar su camino, dirigiéndoles a través de los desfiladeros más oscuros y los bosques más frondosos.

Tras varias horas de galope, llegaron a un río demasiado rápido para cruzarlo. Antes de que los bandidos pudiesen frenar, vieron una figura centelleante… ¿Sería un niño hecho de luz? Después se produjo un resplandor deslumbrante que alumbró el agua de un modo extraño, como de otro mundo. Norte miró el río y dejó que sus instintos emergieran. Le gustaba jugársela, a fin de cuentas, y presentía que aquellas luces de luna estaban incitándole a creer en lo imposible. Con un golpecito instó a Petrov a avanzar, y se lanzaron directos al río. ¡Pero no se hundieron, sino que galoparon sobre las aguas! Los hombres de Norte corrieron tras ellos. Pasó lo mismo una y otra vez. Lagos, arroyos, fiordos… Cualquier masa de agua que les bloqueara el paso se iluminaba y los sostenía como por arte de magia.

Y después, cuando ascendían por las montañas, ocurrió algo todavía más sorprendente. Al borde de una profunda escarpa, la montaña se recortó hasta desaparecer. Norte tiró de las riendas de Petrov; el caballo se irguió justo a tiempo para evitar una caída en picado. Norte examinó el borde: por debajo no había más que nubes. Si avanzaban, se caerían. No había modo de saber desde qué altura, pero sin duda morirían. Y entonces reapareció: el niño brillante, atravesando las nubes con aquel resplandor. Norte volvió a reírse con fuerza. Agitó las riendas de Petrov y echaron a correr. Antes de que sus hombres empezaran a gritarle que se parara, ya se habían precipitado por el borde. Norte y Petrov cayeron unos cuantos pies y aterrizaron en una nube. Siguieron su carrera, mientras Norte se reía con una felicidad temeraria.

Sorprendidos, sus hombres se lanzaron tras ellos y también empezaron a reírse por aquella increíble y fantástica locura de saber que algo era imposible pero ver que estaba ocurriendo. Siguieron galopando por aquellas montañas y aquellos valles de nubes, cruzando el paisaje blanco y refulgente del cielo.

CAPÍTULO NUEVE

La Batalla Contra el Oso

LAS NUBES ENCANTADAS fueron inclinándose justo después de las altas montañas en las afueras de Santoff Claussen. Norte y sus hombres saltaron desde el borde ondulado de la última nube y cayeron sobre la tierra firme que había justo debajo.

Despuntaba el alba; el cielo apenas empezaba a aclararse con toques de morado y azul.

Norte siguió avanzando, instando a Petrov a que corriera hacia un denso bosque que, según sospechaba, debía de rodear un pueblo. Y es que, según explicó a sus hombres durante su carrera a través de la noche, ese era su objetivo: el pueblo llamado Santoff Claussen.

—¡Riquezas, amigos! —bramó—. Lo he visto en un sueño. Tesoros inimaginables... El doble... ¡No! ¡Diez veces lo que hemos visto! Y es todo para nosotros. —Y les avisó de que tendrían que superar pruebas:— Habrá parras con espinas que os cortarían en dos, árboles con raíces como látigos. ¡Y un oso de treinta pies de altura!

Uno de sus hombres gritó:

—¡Pero, capitán, ningún bandido se ha enfrentado a esas defensas y ha sobrevivido!

Norte soltó un ruidoso «¡Ja!». Se detuvo solo un instante.

—¡NOSOTROS no somos bandidos corrientes!

Dicho esto, chasqueó su fusta de cuero y prosiguió su carrera.

Entonces, justo antes de que saliera el sol, los hombres se acercaron a la alineación de titánicos robles de la parte exterior del bosque, cuyas descomunales raíces se alzaban para impedir la entrada. Norte no titubeó.

Con Petrov galopando con todas sus fuerzas, avanzó derecho a los árboles. En el último momento, las raíces montañosas cobraron vida. Se curvaron y menearon como serpientes prehistóricas, formando una entrada lo bastante amplia como para que Norte y sus hombres pudieran pasar. Norte estaba seguro de que aquello era una señal. *¡Las defensas del pueblo ya se están rindiendo!*, pensó. *¡Probablemente sepan a quién tienen delante!*

—El bosque nos teme, amigos —graznó.

A látigos y espuelas, galoparon hacia delante.

Atravesaron un extenso tumulto de raíces de árboles, y a continuación se abalanzaron sobre una espinosa maraña de gigantescas vides. Las vides deshacían cientos de años de nudos para dejarles pasar. Norte miró con desdén el retroceso de las espinas de las vides, que parecían lanzas. ¡Aquello estaba resultando demasiado fácil! Sonrió triunfante a sus hombres. *Y ahora que venga el oso.*

Los primeros rayos de sol empezaron a abrirse paso a través de la fortaleza de ramas y troncos de árbol. Norte distinguió el rastro de un camino desgastado por el uso y, más adelante, la loma despejada del pueblo. Alzó el brazo, instando a sus hombres a avanzar, cuando un terrible rugido rasgó el silencio de la mañana. ¡El oso! El rugido resonó de nuevo, más fuerte y cerca. Norte desenvainó la espada y se irguió sobre la montura, ansioso por ver a la bestia. Sus hombres lo seguían de cerca. ¡Al fin habría una batalla!

Pero cuando doblaron en una curva del camino, no fue el oso lo que encontraron. Cerrándoles el paso, había una figura vaporosa y hermosísima: la última línea de defensa de Ombric, el Ánima del Bosque. Sus brillantes velos, con encajes cubiertos de minúsculas gemas, se movían y flotaban a su alrededor como si los moviese una brisa que solo ella podía sentir. Los hombres tiraron de las riendas de sus caballos y se miraron unos a otros. Esa criatura ni siquiera había aparecido en el sueño de Norte. El Ánima les invitó a acercarse. Cuando avanzaron, los ojos de aquel ser refulgieron con un color más verde que las gemas que le robaron en una ocasión al sultán de Constantinopla. Parecía estar hecha de joyas... las más extraordinarias que hubieran visto jamás. ¡Ella debía ser el tesoro legendario!

A pesar de que los rugidos del oso continuaban, los ladrones solo oían el tintineo de las pulseras del Ánima. Los hombres de Norte empezaron a desmontar de sus caballos, fascinados. Caminaron hacia ella bajando las espadas. Pero Norte no estaba seguro. Miró hacia el lugar de donde venían los rugidos del oso y luego se volvió hacia ella. Un rayo de luz matinal alcanzó al Ánima, cuyo resplandor se volvió cegador. Estaban tan hipnotizados que ni siquiera Norte podía apartar los ojos de ella. El mundo a su alrededor parecía caerse mientras se imaginaba los tesoros que ocultaría. Ella le tendió una pálida mano y abrió los esbeltos dedos… ¡Oro! Norte empezó a bajar el sable, ignorando a Petrov, que agitaba frustrado su crin.

El Ánima miró a Norte a los ojos. Avanzó alzando las monedas de oro. Después alargó las dos manos… y miles de monedas se derramaron sobre el suelo. Tenía el tesoro ahí mismo. Solo tenía que cogerlo. Realmente quería cogerlo. Pero Petrov se irguió y golpeó el suelo con los cascos. De pronto, Norte pudo oír gritos que venían del pueblo. Apartó los ojos del Ánima y el rugido del oso y los gritos de pánico inundaron sus oídos. ¡Eran gritos de niños! Sonaba como si… ¡como si temieran por sus vidas! El sonido le llegó a Norte al alma: le llegó a una parte del corazón que ni siquiera sabía que existía. Y, por primera vez en su vida, dio la espalda a un tesoro.

Agarró las riendas de Petrov y se alejó a toda prisa del fastuoso fantasma.

—¡Amigos! ¡Por aquí! —exclamó, pero estaban petrificados.

Norte sacudió las riendas contra el cuello de Petrov y lanzó una última mirada a sus hombres, justo a tiempo para verlos corriendo a recoger las monedas. Para su espanto, en cuanto sus dedos tocaban las monedas, se convertían en piedra. Ya no eran gallardos bandidos, sino troles y elfos congelados, jorobados y horribles.

Antes de que Norte pudiera entender qué significaba aquello, volvió a oír los gritos de los niños. Como en todos los momentos de verdadero valor, el corazón de Norte latía con tanta fuerza, que llenó todo su cuerpo con un pulso regular y apremiante, inundando su cabeza hasta que ya no podía pensar, solo actuar. En aquella carrera hacia los gritos, los latidos de su corazón tenían por eco el redoble de los cascos de Petrov. Se alzó un segundo coro de gritos, y Norte espoleó a Petrov para que fuera más rápido.

Pero cuando llegaron al centro del pueblo, Petrov se encabritó. La escena que tenían delante parecía salida de una pesadilla. Norte había visto muchas cosas durante su corta vida, pero nada comparable con aquello. Un árbol, un roble de dimensiones impresionantes, estaba combatiendo a un enorme oso negro cuyos músculos, densos y tensos de agresividad, se erizaban bajo una piel densa y peluda. El árbol había sacado sus raíces de la tierra y las usaba para golpear y agarrar al oso como si fuera un pulpo. Balanceó una extremidad enorme para aporrear al oso, pero el animal bloqueó el golpe arrancando la rama, que salió despedida y se estrelló contra una casa. Entonces el oso clavó las garras en el tronco, abriendo agujeros que revelaban un hueco dentro del árbol.

Allí, dentro del árbol, Norte vio a los niños. Debían de ser unos doce y estaban encogidos y aterrados. Frente a ellos se alzaba un viejo mago que meneaba un bastón de madera como un loco, y gritaba lo que parecía el principio de un encantamiento. Pero antes de que el hechicero pudiera terminar, el oso arrancó un enorme pedazo de la corteza y sacó al hechicero del hueco, tragándoselo de un feroz bocado. Los niños se apretaron contra los huecos más alejados del árbol, temblando.

El árbol se estremeció con violencia y, a continuación, las raíces y las ramas cayeron inertes. El oso se liberó de un salto. Se dirigió a los niños y alzó una de sus enormes garras. Pero Norte había comenzado la carga. Tenía ventaja: ¡él veía al oso, pero el oso aún no le había visto! Petrov embistió contra la espalda negra y peluda del oso a toda velocidad, haciendo que la brutal criatura perdiera el equilibrio. Norte desenvainó otro sable y consiguió herir de gravedad al oso media docena de veces antes de que volviera a ponerse en pie. Con un rugido que agitó el bosque entero, la bestia se volvió más rápido de lo que Norte creía posible. Un solo zarpazo bastó para lanzar por los aires al ladrón y su corcel. Norte aterrizó en el hueco del árbol. Aunque estaba malherido, no flaqueó. Con los niños acurrucados detrás de él, recuperó la posición.

—¡Nuestro oso se ha vuelto loco! —dijo uno de los niños sin aliento.

—Y nuestro Ombric... —gimió la voz de una niña—. ¡Se lo ha comido! —Ahogó la voz para contener el llanto.

—Ya no comerá más —contestó Norte mientras se preparaba para el ataque del oso.

La criatura se irguió hasta su máxima altura, proyectando su sombra sobre el bandido y los niños. Tenía las garras listas. Enseñaba los dientes. Emitió un gruñido tan grave y siniestro que Norte lo sintió en la médula.

Por una vez, Norte no se rio del peligro.

A una velocidad cegadora, arrojó seis dagas, tres con cada mano, y acribilló al oso a cuchilladas. Después desenvainó los sables y arremetió contra la bestia. El animal contraatacó, pero Norte estaba listo. En un instante cortó las puntas mortales de las garras del oso. El oso avanzó; Norte, con los dos sables en mano, se lanzó contra él.

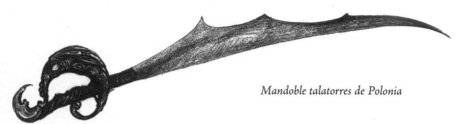

Mandoble talatorres de Polonia

Pero el oso no había terminado. Tiró a Norte al suelo como si fuese una muñeca de trapo. El bandido, aturdido, no podía levantarse. El oso lo embistió, lanzando todo su peso hacia abajo. Pero Norte tampoco había terminado. No permitiría que el monstruo atacara a los niños. Con la poca fuerza que le quedaba, alzó ambos sables justo en el momento en el que el descomunal cuerpo de la bestia caía sobre él.

El oso aterrizó con la violencia de un meteorito. El suelo se estremeció a kilómetros a la redonda. Una nube de polvo y tierra se alzó y palideció el cielo matutino.

Durante el silencio que siguió, los niños se asomaron por los astillados tajos de la Gran Raíz. Solo distinguían la enorme forma del oso a través de la neblina de polvo. Oscilaba con pesadez, intentando ponerse en pie. Su respiración era trabajosa y entrecortada. Con un gruñido largo y afligido, se tambaleó lentamente hasta que dejó de moverse.

Cuando el aire se aclaró, los niños se quedaron boquiabiertos. El hombre de las espadas yacía sobre el pecho del oso. Los dos sables estaban clavados hasta la empuñadura en la piel negra justo a la altura del corazón del monstruo. El hombre tampoco se movía. Parecía tan pequeño y deshecho como un juguete. Aturdidos, los niños se acercaron para observar al valiente espadachín. Su mundo estaba hecho añicos. Su querido oso se había convertido en un monstruo y había destruido cuanto amaban. Pero querían ayudar de alguna manera a aquel hombre que había tenido el valor de salvarles. Ombric habría sabido qué hacer, pero Ombric...

Algunos niños empezaron a llorar suavemente. Otros se arrodillaron para tocar al hombre maltrecho. Al hacerlo, una bruma oscura y sombría empezó a surgir de la boca del oso. Una masa entintada se estaba formando ante los niños. Se hizo cada vez mayor, crepitando y retorciéndose a la luz de la mañana. Empezó a perfilarse y se irguió sobre ellos. Los niños retrocedieron. Ya habían visto aquel rostro... en la historia que Ombric les había mostrado sobre la Edad de Oro.

Allí estaba nada más y nada menos que Sombra, mirándolos. En las manos sostenía el bastón grabado de Ombric partido en dos.

—Esto es todo lo que queda de vuestro querido mago —dijo con tono despectivo.

CAPÍTULO DIEZ

Donde Ocurren un Montón de Cosas Rápidamente

SIN NADIE QUE LOS PROTEGIERA, los niños estaban seguros de que estaban perdidos. Sombra se inclinó para acercarse a ellos. Los niños se apartaron. ¡Su rostro! Aquel rostro era una pesadilla en sí mismo: no tanto porque fuera feo, sino por la angustia, la frialdad y la falta de amabilidad que transmitía. Su mirada penetrante reflejaba siglos de crueldad. Sin embargo, tenía algo magnífico, como una tormenta que se avecina. Los niños nunca habían visto un ser de aspecto tan poderoso. Ni siquiera Ombric. Ni siquiera su oso. Un sobrecogimiento terrible e hipnótico los tenía helados.

Sombra se inclinó aún más, pero al hacerlo, los niños se dieron cuenta de algo. Parecía que Sombra se estuviera desvaneciendo: se iba atenuando a medida que el sol matinal alcanzaba los árboles. Estaba cada vez más tenue. Los niños no daban crédito a lo que ocurría, pero no se atrevían a moverse.

—Cuando llegue el momento... —susurró Sombra haciendo una mueca ante la luz del sol—. Cuando llegue el momento, seréis míos.

Y en un silencio fantasmal, Sombra empezó a filtrarse poco a poco en el suelo. Intentó desesperadamente agarrarse a las dos mitades del bastón de Ombric, pero al hacerse más translúcido los pedazos se le escaparon de las manos y cayeron en la hierba. Después, convertido en una bruma fría y humeante, se disolvió en la tierra hasta que no quedó ni rastro de él.

Una vez que desapareció su miedo, los niños se

precipitaron fuera de los restos de la Gran Raíz. Miraron a su alrededor desazonados, y entonces aparecieron sus padres, corriendo a su encuentro, inundándolos y abrazándolos.

—¡Estás a salvo, estás a salvo! —gritó una madre, derramando lágrimas sobre la cabeza del niño al que se aferraba.

—Lo siento mucho —exclamó un padre—. ¡Nos había atrapado en nuestro propio sueño!

—Podíamos oír vuestros gritos, pero no podíamos movernos —murmuró otra madre mientras abrazaba a su hija con fuerza.

—¡Algo le ha pasado a nuestro oso! —explicó el niño más alto.

—¡Se ha comido a Ombric! —gimoteó otro niño.

—¡Ese hombre nos salvó! ¡Y lo han matado! —hipó una niña que apretaba su rostro contra el pecho de su padre.

—Ahora estáis a salvo —decían los padres una y otra vez, y la alegría empezó a transformar las lágrimas en sonrisas, y los gemidos en alegría.

La única que se quedó algo sola fue la pequeña Katherine, que apretaba tanto los labios que se le quedaron pálidos. Entonces, ladeando ligeramente la cabeza, abandonó el grupo y se unió a William el Viejo, el más anciano del pueblo. Estaba en el lugar donde Sombra había desaparecido. Solo quedaba una grieta en el suelo endurecido. Miró al oso y al héroe que había caído por proteger a los niños. El anciano meneó la cabeza. Estaba empezando a asumir su tristeza.

Katherine le tomó de la mano y pronto los vecinos, de uno en uno, se unieron a ellos. Miraron los trozos del bastón de Ombric.

—¿Cómo es posible? —murmuró William el Viejo.

Y el alegre clamor de las familias reunidas dio paso a una pena desgarradora. Algunos niños empezaron a apoyarse en el cuerpo inmóvil del oso, agarrándose a su oscura piel y abrazándolo.

—¡No! ¡No lo toquéis! —gritó el padre de Niebla, apartando a su hijo del animal.

Las lágrimas llenaron los ojos del niño.

—¡Pero es nuestro oso!

Otro niño intervino diciendo:

—¡Nunca nos habría hecho daño adrede!

—No ha sido culpa suya. El maligno lo convirtió —dijo Katherine—. ¡Pensad en lo que ha hecho por nosotros!

Todos se detuvieron para recordarlo. No tanto los últimos y temibles momentos de locura del oso, sino los años de amistad y lealtad, la protección que les había brindado una y otra vez. ¿Y Ombric? ¿Y la Gran Raíz? ¿Los habrían perdido para siempre?

La tristeza empezó a extenderse. Primero, los árboles del círculo exterior del pueblo comenzaron a balancearse, inclinando las ramas hasta el suelo. Después les siguió el resto del bosque: cada habitante, ya fuera una planta, un insecto o un animal, llenó el aire con un sonido plomizo y apesadumbrado, como si el mundo entero estuviese en duelo. El cielo se oscureció. El viento empezó a levantarse. Las hojas cayeron de los árboles, las vides y los arbustos. La Gran Raíz se quedó sin hojas, que revolotearon en círculo alrededor de Santoff Claussen como una tormenta de lágrimas. A través de aquella cortina borrosa, los vecinos distinguieron algo que se movía hacia ellos.

Era el Ánima del Bosque. Se deslizó hasta ellos y planeó sobre el bastón roto de Ombric. También estaba llorando; sus joyas habían perdido el brillo y sus lágrimas se derramaban sobre los bordes rotos del bastón.

El pueblo nunca sería el mismo. De eso estaban seguros. Pero la primera lección que Ombric daba a cualquier habitante de Santoff Claussen era sencilla: todos tenemos algo de hechicero. El verdadero poder de la magia está en tener fe. Todos los conjuros empezaban así: «Tengo fe. Tengo fe. Tengo fe.» William el Viejo recogió las dos mitades del bastón de Ombric y las encajó justo donde se había roto. Miró a Katherine con intensidad. Ella le entendió al instante.

—La primera lección de Ombric —susurró. Pasó los dedos por donde se había partido, alisando las astillas hacia dentro y dijo—: Tengo fe. Tengo fe. Tengo fe.

El ensordecedor rumor de tristeza de los vecinos no desapareció, pero en medio del tumulto, todos recordaron la primera lección.

—Tengo fe. Tengo fe. Tengo fe.

La gente lo repetía una y otra vez. Y, con la fuerza de la fe, el bastón volvió a unirse.

La atmósfera empezó a aligerarse por oleadas.

Poco a poco, el viento fue apaciguándose. El aire se quedó más silencioso que la nieve de medianoche. Hasta el tiempo pareció detenerse. Los aldeanos sentían la magia a su alrededor. Y cuando abrieron los ojos, vieron a Ombric, con el mismo aspecto de siempre. ¡Como si nada hubiera pasado! ¡Y detrás de él estaba su oso! Sus heridas ya no estaban... ¡Habían desaparecido! Pero su pelaje era blanco como una nube. Y en sus inmensas garras sostenía al hombre, que dormía como un niño.

Ombric cogió el bastón que le ofreció Katherine, que resplandecía más que la luz del sol.

—Gracias por recordar —dijo Ombric. Pensativo, pasó la mano por la desgastada madera y con el pulgar frotó la cicatriz de la rotura. Luego se acercó al hombre que estaba en brazos del oso y añadió—: El extranjero herido nos ha ayudado a salvarnos. Sería de mala educación no devolverle el favor.

Con un gesto de la mano, Ombric se encaminó hacia la Gran Raíz. Ante la vista de todos, el árbol revivió. A cada paso que daba Ombric, brotaban y crecían hojas. A cada paso que daba Ombric, se fortalecían los exhaustos corazones de los vecinos. Sin duda, la magia había vuelto a Santoff Claussen. Y haría falta toda su magia para curar al joven extranjero que les había salvado.

CAPÍTULO ONCE

Donde Se Demuestra Que la Sabiduría Puede Ser un Elemento Difícil

TRANSCURRIERON LOS DÍAS mientras la conciencia de Norte iba y venía en la Gran Raíz. *¿Estoy realmente dentro de un árbol? ¿Es el mismo árbol que vi luchando contra el oso? ¿Un árbol que lucha contra un oso?* Norte no era de los que creían en la magia. Solo creía en su ingenio y su habilidad con un arma. Y, sin embargo...

Se había dejado arrastrar por un sueño alocado en pos de un tesoro. Había cabalgado sobre agua y nubes... ¡a lomos de un caballo de media tonelada! Y después había dado la espalda a las riquezas que supusieron la perdición de sus hombres. Esos actos resultaban inexplicables. Y de pronto estaba allí, en una cama que parecía entender cada uno de sus pensamientos y sus necesidades. Cuando estaba incómodo, la cama se ajustaba y lo levantaba. Cuando le dolían las piernas, que tenía cubiertas de vendas, la cama se las masajeaba hasta que se sentía mejor.

La comida y la bebida aparecían flotando en el aire a su lado, aunque todavía estaba demasiado débil para cogerlas. Y siempre había una comitiva constante de cuatro o cinco niños curiosos riñendo todo el tiempo por decidir quién le untaría la tostada con mermelada, quién le acercaría a los labios la taza con caldo caliente o agua fresca endulzada con miel, y —cosa que parecía provocar las discusiones más acaloradas— quién daría de comer al caballo. Pero cuanto más descansaba Norte, más se sorprendía y maravillaba ante todas las cosas imposibles que habían acontecido.

Lo más inverosímil era que el mago, al que había visto siendo devorado por el oso, hubiera sobrevivido. *¿Cómo puede ser?* Norte se enteró de que se llamaba Ombric y que estaba vivito y coleando. Le aplicaba elixires y ungüentos, y andaba a su alrededor tan a menudo como los niños. Menuda pandilla de ruidosos. Algunos días —los días malos, los días en los que los dolores de las heridas en proceso de curación traían consigo fiebres— sus conversaciones parecían un desvarío. Llegaban mensajes de insectos, hablaban de unas criaturas llamadas temores y del Hombre de la Luna.

Pero poco a poco, Norte empezó a encontrar sentido a los pedazos de las extrañas conversaciones. Una mañana, se despertó y se encontró con una niña, la que parecía estar más a menudo sentada junto a su cama, colocando un minúsculo libro encuadernado a mano con dibujos junto a su almohada. Fingió estar dormido hasta que la niña salió de su habitación, entonces alzó el pequeño volumen y escudriñó las páginas. Estaban llenas de dibujos al carboncillo de criaturas sombrías y del oso negro... y estaba él mismo, protegiendo a los niños como si fuesen el tesoro del zar de Rusia. Había bosquejos de un bebé en un barco navegando hacia el cielo, de una batalla en la Luna y de un gran villano que traía oscuridad y perdición.

La historia se arremolinó en su cabeza y chocó con lo que recordaba de aquel duelo matinal. Le sirvió para llenar los huecos de lo que antes creía imposible y ahora le parecía la verdad. ¿Realmente venció al oso? ¡Los niños le aseguraban que sí! Le explicaron que un demonio llamado Sombra, el Rey de las Pesadillas, había venido a por ellos para robarles los sueños. Sus subordinados, los temores, no lograron filtrarse en Santoff Claussen: las luces de luna resultaron demasiado efectivas a la hora de detenerlos durante la noche. Aquel tipo llamado Ombric había entendido que Sombra no podía atacar durante el día, ya que, desde que fue derrotado siglos atrás, tanto él como los temores no podían soportar la luz de la luna o del sol. Así que Sombra poseyó al oso del pueblo y le obligó a hacer todo lo que le ordenara. Era una elección perfecta: desde dentro del oso podía usarlo para protegerse de la luz y era lo bastante fuerte para luchar contra Ombric. Y lo mejor de todo era que contaba con la confianza de los aldeanos. Era su amigo.

A Norte todo eso le parecía una locura. ¿El Rey de las Pesadillas? ¿Bosques encantados? Luego Norte recordó el sueño que le atrajo hasta Santoff Claussen. Le dio qué pensar. ¿Cómo podía un sueño mostrarle un lugar que nunca había visto? Un día tuvo fuerzas suficientes para preguntárselo a Ombric. El hechicero alzó la ceja izquierda e intentó reprimir una sonrisa. Los niños se habían dado cuenta de que Ombric había esbozado sonrisas un montón de veces durante la recuperación del bandido.

—Le pedí ayuda al Hombre de la Luna —explicó Ombric mientras cambiaba una venda de la espinilla de Norte—. Él te dio el sueño. Pensó que podrías ser de ayuda.

Norte levantó las cejas a su vez.

—¿Yo? —Se rió ruidosamente.— Tengo fama de ocuparme de monedas de oro de los bolsillos de potentados, no de ayudar a gente de la Luna, hechiceros y mocosos.

Ombric frunció la boca, divertido.

—Quizá pensó que el Rey de los Bandidos podría ser un digno rival del Rey de las Pesadillas.

Bueno, pensó Norte, *esa respuesta merece ser considerada.* «Rey de los Bandidos» sonaba bien.

Entonces Ombric añadió:

—Pero sospecho que ha sido más que eso.

Esa observación confundió a Norte.

—¿Y qué diantre podría ser eso? Soy un ladrón.

Ombric frotó la grieta irregular de su bastón.

—Deberías aceptar los hechos, joven amigo. El bosque que rodea nuestro pueblo solo permite la entrada a los buenos de corazón. Solo tú rechazaste el oro que os ofreció el Ánima del Bosque. Eso no habría pasado si fueses un bandido de verdad.

¿Que no soy un bandido de verdad?, pensó Norte enfadado. *¡Si soy el mejor ladrón que hay vivo! ¡Quizá el mejor de toda la historia!* Pero esos pensamientos, de repente, le parecieron vacíos y algo falsos. ¿Qué le estaba ocurriendo?

—¡Tú, o este lugar, o el Ánima… me habéis embrujado! —bramó—. ¡Soy Nicolás San Norte, el Rey de los Bandidos! ¡Ni más ni menos!

—Ningún hechicero o espíritu puede cambiar el corazón de las personas —repuso Ombric con mucha calma.

—¡Mentiroso! —gritó Norte.

En mitad de la acalorada discusión, la diminuta voz de Katherine se abrió paso:

—Pero si además eres nuestro héroe. —Le miró con más fuerza y determinación de lo que, según creía, era capaz una persona tan pequeña.— Teníamos mucho miedo. Pero entonces llegaste tú.

Norte miró a Katherine y a los demás niños, que se habían acercado una vez encendida su ira. Empezaba a entender algo que distinguía en sus caras: la amabilidad. Y aunque luchaba contra ella, le resultaba tranquilizadora. Su dolor remitió. No solo el dolor de las heridas de la batalla, sino de otras que había ignorado hasta entonces: la profunda y solitaria herida de una vida sin amor.

Norte se quedó en silencio. Transcurrieron los días sin que pronunciara ni una sola palabra. Los demás niños iban y venían, pero Katherine siempre se quedaba. Descubrió que era una expósita. Sus padres intentaban llegar a Santoff Claussen y se perdieron en una tormenta de nieve en las afueras del bosque. Fallecieron del frío, mientras que Katherine, que no era más que un bebé, gateó hasta el borde del bosque. Los árboles se apiadaron de ella y, ayudándose con sus raíces, la levantaron y la pasaron de un árbol a otro, de una parra a otra. Los animales se sumaron: primero un grupo de ardillas comunes y de ardillas listadas, luego los renos y, por último, el oso mismo, que la llevó hasta la puerta principal de Ombric. Desde aquella noche, Katherine vivió en la Gran Raíz.

Su constante amabilidad fue el mayor consuelo y el peor tormento de Norte. Se reconocía en ella. Conocía perfectamente el significado de estar perdido. Y le atormentaba.

Mientras proseguía su curación, parecía ceder cada vez más. Norte veía dentro de la niña de ojos grises y serios una necesidad, una esperanza y un deseo con los que él había luchado desde que tenía memoria.

Tener un amigo.

Su vida había sido demasiado dura y despiadada. La amistad significaba confiar en alguien, y eso era un lujo que nunca había disfrutado. Pero, poco a poco, se estaba ablandando. ¿Qué peligro podía suponer aquella niñita? No era ni un cosaco ni un ladrón. Solo era una niña solitaria.

Una mañana, después de que Katherine retirara una taza con sopa de saúco que ni había tocado, Norte habló por fin.

—Gracias, Katherine —dijo con voz algo áspera tras tanto tiempo en silencio.

Katherine lo miró con aquellos ojos claros que parecían atravesarle.

—Descanse, señor Norte —le dijo con una leve sonrisa, arqueando los labios, mientras volvía a su sitio al pie de la cama.

No necesitaban decir nada más.

A los amigos no les hace falta.

CAPÍTULO DOCE

Otro Capítulo Corto Pero Intrigante

MIENTRAS NORTE SE RECUPERABA en la Gran Raíz, el niño espectral retozaba por todo el planeta a sus anchas, desde las tierras salvajes de Canadá hasta el Himalaya, pasando por el arenoso desierto de Arabia, montando a lomos del viento o en flotas de nubes que estaban a sus órdenes. Podía correr más rápido que cualquier luz de luna y se deleitaba jugando a esconderse de ellas. No podía quedarse quieto mucho tiempo. Era como si le hubiesen encerrado durante diez mil días lluviosos, cosa que, en cierto modo, era cierta. Estar encerrado en el corazón helado de Sombra había sido como una prisión. Sin embargo, no fue la daga lo que había retenido a Sombra durante todo aquel tiempo, sino la bondad del niño espectral.

El niño había descongelado el pequeño fragmento de bondad que aún vivía dentro de Sombra y había congelado su maldad, volviéndole incapaz de actuar.

Un poco de bondad puede ser de gran valor contra el mal. Pero el niño necesitaba luz, calor y vida. No podía soportar la carga de inmovilizar a Sombra para siempre. Su brillo acabaría debilitándose y muriendo, y Sombra caminaría de nuevo. Pero entretanto el niño espectral era libre. Quería y necesitaba marcharse, ver cualquier cosa que le llamara la atención.

Esa Tierra era nueva para él, y la observaba en términos muy sencillos. Las cosas eran buenas o malas. Montar en las nubes era bueno. Los temores y los hombres de las pesadillas eran malos. Consideraba a las personas casi con la misma simpleza. Los pequeños (los niños) eran buenos. ¡Y divertidos! Les gustaba jugar y hacer locuras, como a él. En cuanto a los altos (los adultos), tenía sentimientos más complicados. Algunos eran buenos y otros eran rematadamente malos.

Y Sombra era peor que malo. Sombra pretendía hacer daño a los pequeños, en especial a los de Santoff Claussen. El niño no sabía exactamente por qué Sombra quería hacerles daño, pero estaba seguro de que no era justo. O que no estaba bien. Pensó que quizá eran tan fuertes y felices que nunca habían tenido pesadillas. Así que no importaba dónde se encontrara o qué recóndito rincón del planeta explorara. Cuando llegaba la noche, corría de vuelta al pueblo a esconderse junto a la Gran Raíz para vigilar y esperar.

Se dio cuenta de que uno de los altos, llamado Norte, se había quedado en el pueblo. Al niño le gustaba mucho Norte. Era valiente, fuerte y amable con los pequeños.

Pero había algo en Norte que le intrigaba. El anciano llamado Ombric le estaba enseñando a hacer todo tipo de cosas fascinantes. Cosas mágicas. En una ocasión, el niño se asomó por la ventana de la Gran Raíz y vio a Norte leyendo atentamente un libro muy grueso junto al hogar. Ombric estaba revisando un libro de contabilidad en una mesa cercana. Y dormida en su propia camita estaba la niña a quien todos llamaban Katherine. Ella también le gustaba: era muy valiente para ser de los pequeños.

El niño espectral tuvo una sensación extrañísima... el recuerdo de algo familiar y bueno. No sabía cómo se llamaba, pero lo que sentía era «amistad».

Entonces llegaron las luces de luna y atrajeron su atención. Estaban preparadas para perseguirle.

Las nubes estaban esperando.

Era hora de jugar.

Pero si Sombra o alguno de los suyos regresaba para hacerles daño, el niño haría todo lo posible por ayudarlos.

◆●◆

CAPÍTULO TRECE

El Guerrero Aprendiz Demuestra Ser Listo

A DIFERENCIA DEL NIÑO ESPECTRAL, Nicolás San Norte solo creía saber el significado de estar demasiado tiempo confinado. En menos de una semana —sus magulladuras ni siquiera habían pasado del azul oscuro al amarillo verdoso— estaba en pie y haciendo cien flexiones seguidas colgado de la rama de un robusto abedul. Tenía la fuerza y la resolución de una manada de caballos cimarrones. Norte no había tocado un sable desde la batalla contra el oso, pues solo recordar un arma le traía imágenes oscuras y perturbadoras al cerebro: los niños encogidos de miedo, las garras atacando, el pánico y los gritos.

Ombric había creado Santoff Claussen como santuario, y eso era lo que necesitaba Norte, así que se refugió en los libros de Ombric. Para robar los tesoros de todas las regiones de Europa y de Rusia, un bandido tenía que leer y hablar varias lenguas, de ahí que Norte no tuviera dificultades a la hora de zambullirse en textos en italiano antiguo, o incluso en griego o en latín.

Lo más sorprendente era la enorme fascinación de Norte por los conjuros y las historias. Y que Ombric permitiera al joven estudiar sus libros de magia. Sus secretos eran demasiado poderosos y solo se podían compartir con aquellos que Ombric consideraba que no se corromperían con tal conocimiento. El viejo mago había visto algo interesante en Norte. Tenía potencial.

Santoff Claussen siempre había sido un lugar encantado, literalmente. Ombric había usado todos sus poderes y habilidades para protegerlo del verdadero mal. Ningún ladrón, ningún atacante ni ningún rufián había logrado atravesar sus defensas. Sombra, con sus oscuras tretas, era el primer mal verdadero al que el pueblo había tenido que enfrentarse.

La experiencia había afectado a todos: los adultos, los niños e incluso al bosque y sus criaturas. Seguían con su vida como antes, pero la alegría libre del pasado ya no se dejaba ver tan fácilmente. Los árboles del bosque encantado estaban siempre alerta. Los animales se habían vuelto asustadizos porque todas las sombras les preocupaban. Incluso el Ánima del Bosque se sentía inquieta.

—No tengo poder alguno sobre Sombra —dijo—. Mis tesoros no son de su interés.

Los niños no dormían bien. Ombric se sentía culpable.

—He sido demasiado protector con este lugar —le confesó a Norte—. He mantenido fuera de aquí demasiadas durezas de la vida.

Pero en realidad la idea divirtió al convaleciente Norte.

—¡Lo hiciste muy bien, viejo! —dijo entre risas para tranquilizarlo. Y aunque los padres de los niños estaban tan distraídos, que ya casi no se inventaba nada en el pueblo, ese no era el caso de Norte.

El joven estaba cada vez más encantado con el pueblo y con la idea de los «encantamientos». Los hechizos, la prestidigitación, los conjuros… lo aprendía todo con mucha naturalidad, así que los aldeanos (y el propio Ombric) no tardaron en considerarlo el primer y único aprendiz del mago. Norte adquirió enseguida una gran destreza en alquimia, llenando de nuevo la Gran Raíz de bullicio… y de explosiones de conjuros que no habían salido del todo bien. Trabajaba con gusto, y a menudo se pasaba de la raya con sus nuevas habilidades sin pensar las cosas demasiado. Al crear una pelota que nunca dejaría de botar, le puso demasiado rebote. Después de que la pelota tocara el suelo, salió despedida al cielo con tanta fuerza, que podría haber llegado hasta Marte.

En otro experimento intentó hacer que un gatito se quedara siempre del tamaño de un cachorro. Primero encogió al animal por equivocación al tamaño de un microbio y luego se pasó al compensarlo. Un gato de tamaño habitual es bonito, pero uno de casi cuatro metros es un problema. El gato intentó comerse a Petrov y al oso varias veces, incluso al recuperar su tamaño normal.

El pueblo acogió con gusto esa diversión, esa oportunidad para volver a reír. Pero Norte no era de esos que se toman las contrariedades con calma. Pasaba días enteros echando humo cuando algo no le salía como él quería. Algunas veces su mal humor causaba pequeñas catástrofes. Los muebles se inflamaban o aparecían pequeñas nubes de tormenta (normalmente del tamaño de una almohada) que seguían a Norte hasta que se calmaba.

—El conocimiento sin sabiduría —señaló Ombric con erudición mientras observaba al gato saltar tras la cola de Petrov, haciendo que el caballo volcara un carro— puede resultar engorroso.

Norte sabía que el hechicero no intentaba provocarle, pero daba lo mismo, porque para él era como un desafío. Puesto que ya no podía resolver su resentimiento con un duelo o un pulso, prefería ponerse a trabajar, decidido a no equivocarse.

Ombric admiraba la voluntad de su pupilo por continuar, a pesar del temperamento del muchacho. Pero, igual que cuando era un forajido, Norte derrochaba alegría y encanto y siempre estaba dispuesto a contar una historia, en especial a los niños. Si Ombric les proporcionaba conocimiento y asombro, Norte les guiaba hacia las aventuras y las diversiones. De hecho, había dejado de ser un ladrón de tesoros para convertirse en un bucanero de la diversión. Les deleitaba con cuentos chinos sobre su vida anterior. Aseguró conocer un reino gobernado por un huevo gigante que regía desde su sitio en lo alto de un antiguo muro. Afirmaba haber visto una vaca que de un salto podía sobrepasar la atmósfera de la Tierra. Las historias de Norte eran un tónico tan tranquilizador para aquellos niños asustados por la batalla como cualquier producto que Ombric pudiera haber fabricado en un frasco de medicina. Y la pequeña Katherine era la que lo escuchaba más embelesada: devoraba sus historias y luego reescribía distintas versiones en sus cuadernos. No había duda de que los niños adoraban a Norte y, en consecuencia, sus padres también.

Cuando Norte se convirtió en el aprendiz del mago, se interesó por el modo de combinar la antigua magia de Ombric con los curiosos aparatos mecánicos que los aldeanos construían con tanto gusto. Se podría decir que el nacimiento de lo que ahora llamamos «máquinas» se produjo en Santoff Claussen. Había escobas mecánicas que barrían indefinidamente. Cajas pequeñas que podían encajarse en las dos orejas y reproducir la música que se quería escuchar. Había lupas especiales que, cuando se dirigían hacia el sol, podían focalizar los rayos para incluso cocinar. Norte observaba esos inventos con el brillo en los ojos del ladrón.

—Habría podido robar toda la riqueza de Asia y Europa, incluso de África, con cualquiera de esos juguetes —le dijo a Ombric un día durante el desayuno. El hechicero le miró socarrón. Katherine frunció el ceño—. No os preocupéis. Esos tiempos ya han pasado. Tengo planes para hacer mi propio aparato… algo realmente nuevo.

Katherine estaba entusiasmada.

—Sé que harás algo genial.

La confianza que la niña depositaba en él acalló la fanfarronería de Norte. Al fin y al cabo, quería complacerla. Sin embargo, Ombric sintió una punzada de inquietud. Sabía que a Norte le gustaba hacerle rabiar, pero algunas veces se preocupaba. *¿Habré tomado la decisión correcta?* Pero de una cosa estaba seguro: Nicolás San Norte tenía instintos imaginativos de lo más brillantes. Con suerte y orientación, el muchacho podría conseguir grandes cosas, cosas que Ombric probablemente no podría ni imaginar.

—Bueno, viejo, prepárate para algo que nunca has visto. Tengo previsto combinar aparatos creados por el hombre con tu abracadabra milenario —anunció Norte, haciendo que levitara miel hasta la taza de Ombric. El mago observó a su aprendiz detenidamente. Sabía que estaba envejeciendo y que su alquimia necesitaba juventud, frescura, suerte y un cambio para que siguiera siendo mágica, pero había algunos riesgos.

—Ten mucho cuidado cuando combines lo antiguo y lo moderno. Recuerda, Nicolás, que lo desconocido puede albergar peligros.

Norte asintió, aceptando su consejo, pero deseoso de empezar. Tenía una idea fantástica. ¡Una idea que podría cambiar sus vidas! Y, a pesar de que apreciaba mucho al anciano, su preocupación le resultaba divertida. *Ha estado hablando con bichos y leyendo libros demasiado tiempo,* pensó. *Las pelotas que rebotan y el gato gigante no han sido tan peligrosos. Y mi nueva idea no supone tanto riesgo.*

Norte sabía exactamente cuál sería su primer experimento. Construiría un hombre mecánico con magia: un genio robot que pudiera hacer maravillas, pero solo cuando se lo pidieran. ¡Cocinar para ellos! ¡Limpiar! Ayudar a los niños con sus deberes (que, desde el punto de vista de Norte, les llevaban demasiado tiempo). ¿Qué podía fallar con algo así?

Ombric, por su parte, mantenía vigilado a su aprendiz, pero en el fondo estaba contento de que Norte se distrajera y todavía más contento de que entretuviera a los niños, pues el mago tenía trabajo importante, el más importante de su vida: tenía que encontrar el modo de detener a Sombra. Sabía perfectamente que no habían derrotado al Rey de las Pesadillas por completo. Solo le habían puesto en jaque, como los jugadores de ajedrez. Y el viejo mago sabía que quedaba mucha partida por delante.

CAPÍTULO CATORCE

Donde el Hechicero y el Aprendiz Hacen Descubrimientos que Resultan Trascendentales

HACER UN HOMBRE MECÁNICO no es tarea fácil para ningún mago, y Norte todavía no era más que un estudiante. Pero la construcción de su genio robot había captado el interés del pueblo entero y había apaciguado aún más los ánimos en Santoff Claussen. Había que dibujar planos. Se discutió una y otra vez sobre métodos y materiales hasta llegar a un acuerdo.

Trabajaron duro en el taller de la Gran Raíz. Norte consultaba antiguos pergaminos y textos polvorientos que encontraba en los rincones más oscuros del armario de Ombric y después debatía con los aldeanos la tensión adecuada para una polea que sirviera de codo o de rodilla para el genio.

–¡El genio debe conocernos… igual que un buen caballo conoce a su jinete! –decidió Norte. Basaba su teoría en un viejo truco para domesticar tigres siberianos, que dormían en nidos fabricados con la ropa de sus dueños para evitar que se rebelaran–. Traedme vuestra moneda de la suerte, vuestra piedra favorita y el peine de vuestra madre. Lo meteré todo en el pecho del genio.

Los niños se encargaban de recoger tan precioso botín. Hubo muchos debates sobre si un zapato era más personal que un guardapelo, o si una navaja era más importante que la canica preferida. Tras varios días reuniendo objetos de valor, los niños corrieron al taller con los tesoros en las manos. Norte colocó cada elemento en una cajita oculta. Estaba a punto de meterla en una cavidad junto al corazón del genio cuando Katherine se levantó de un brinco meneando un trozo de papel: un dibujo de Norte.

—¿Crees que con esto el genio nos reconocerá a los dos? —preguntó.

Norte miró primero el dibujo infantil y luego a la niñita que estaba delante de él. Volvió a mirar el dibujo para observar los detalles que Katherine había incluido. Lo había representado grande, noble, incluso heroico. ¿Así es como lo veía? Abrió la caja y colocó con cuidado el papel sobre los demás objetos, pero en realidad lo que quería era doblarlo y metérselo en el bolsillo, para quedárselo.

De pronto se dio cuenta de que Katherine, a su silenciosa manera, estaba esperando una respuesta.

—Seguro que sí —aseguró—. Reconocerá el retrato y sabrá quién lo ha hecho.

Dicho esto, los niños se acercaron más mientras Norte sellaba la caja y la colocaba con cuidado en el pecho del genio.

—¿Está terminado? —preguntó Niebla.

—Lo estará muy pronto —repuso Norte.

Miró con orgullo su creación metálica. Casi medía dos metros y medio, tenía la forma de un hombre pero constaba solo de engranajes y mecanismos metálicos de todos los colores: plata, bronce, cobre, oro y otros más oscuros, como bronce de cañón y hierro. Poseía una extraña belleza, como algo que no ha sido construido sino soñado. En torno al pecho, los hombros y las juntas, había placas que parecían una armadura pero poseían líneas complicadas y gráciles. El rostro y la cabeza tenían formas sencillas, aunque resultaban de una belleza que recordaba a un muñeco elaborado con precisión. Una llave delgada de plata sobresalía de la zona por encima del corazón; Norte explicó a los niños que con ella pretendía darle cuerda al genio.

Al final, tenía una cualidad maravillosa que sorprendió a todos, especialmente al mismo Norte. Anteriormente había construido armas y escudos, pero el genio robot solo había sido diseñado para hacer el bien, y se notaba.

Norte ajustó la última placa del pecho para cubrir la caja del tesoro, y después giró la llave cinco, seis, siete veces. Se produjo un ronroneo suave, casi musical, y entonces el genio robot se incorporó. Los miró con una expresión curiosa, no de sorpresa, sino de haber estado esperando verlos. Pareció sonreír. Norte y los niños no pudieron contener su regocijo.

—Sus deseos son órdenes —dijo el genio con voz suave y comedida.

Les había pillado por sorpresa. ¡Una primera orden! ¡No habían pensado cuál sería su primera orden! Entonces, Norte dijo:

—Katherine, dale tú una orden.

Los ojos de Katherine se abrieron como platos y un rubor apareció en sus mejillas. Pensó un rato y luego, con el tono más educado, dijo:

—Genio, quisiera que salieras fuera.

El genio asintió y, con la misma educación, cumplió su cometido.

El grupo siguió al genio a la puerta de la Gran Raíz y después a la luz del día. Y Nicolás San Norte, por primera vez en su alocada e intrépida vida, sintió que había hecho algo realmente bien.

Sin embargo, Ombric no sabía nada del éxito de su pupilo. Estaba encerrado en su alcoba, perdido en el estudio. Había hecho muchos progresos: con la ayuda de incontables registros astrológicos, mapas amarilleados por el tiempo y

El genio robot

fragmentos de historias y leyendas, fue capaz de idear un plan que podría parar a Sombra.

Había descubierto que cinco reliquias del *Clíper Luna* habían caído en la Tierra. Se habían esparcido por el planeta tras la gran explosión. Según Ombric, si lograban reunirlas, tendrían un poder enorme, un poder mucho mayor que los puñados de polvo de estrellas que enriquecían el suelo de Santoff Claussen, y quizá mayor que el poder de las luces de luna.

Ombric había estado rastreando la localización de las cinco piezas. *Tenemos que encontrar las que están más cerca primero*, murmuró mientras enrollaba un mapa y lo ataba con un cordel fino de cuero. Pero solo él sabía que llegar al primer destino sería el viaje más peligroso de su larga vida.

CAPÍTULO QUINCE

Parcialmente Ruboso y Muy Injusto

EL GENIO SE HABÍA CONVERTIDO en el centro indiscutible de atención del pueblo. Era capaz de realizar casi cualquier tarea que se le encomendaba.

—Genio, ¿podrías apartar esas rocas? —preguntó uno de los hijos de William el Viejo llamado William el No-Tan-Viejo—. Había pensado construir una torre nueva.

—A sus órdenes —replicó el hombre mecánico, y en cuestión de minutos había movido las rocas para construir, con gran destreza, una torre espléndida con torrecillas.

Otros vecinos pidieron ayuda al genio, pero un día Katherine tuvo una petición que quería hacer desesperadamente y Norte pudo ver su impaciencia.

—¡Genio! La jovencita explotará si no llega su turno —exclamó.

Katherine daba saltos de alegría. Había estado dibujando a la vaca saltarina de las historias de Norte y se preguntaba qué habría visto al saltar por el cielo.

El genio se volvió hacia ella y Katherine preguntó nerviosa:

—Genio, ¿podrías lanzarme con todas tus fuerzas al cielo y después cogerme?

—A sus órdenes —contestó.

Y casi sin esfuerzo, lanzó a Katherine tan alto que los aldeanos la perdieron de vista. Miraban al cielo preocupados, y Norte usó un telescopio que él mismo había diseñado.

–¡Ahí está! –dijo al fin, señalando un pequeño banco de nubes sobre el que la feliz Katherine pasó rozando.

A pesar de que los demás miraban inquietos, Katherine estaba encantada con su repentino viaje atmosférico. Se había elevado por encima de los árboles más altos de Santoff Claussen y había dejado atrás una bandada de gansos estupefactos. Ascendió más de lo que hubiera imaginado; abajo, Santoff Claussen parecía bastante pequeño, mientras que el mundo exterior resultaba inmenso y atractivo. Confiaba en que el genio la cogería… A fin de cuentas, lo había construido Norte.

Entonces, flotando a poca distancia, vio una nubecilla, no mucho más grande que una cama de plumas. Sobre la nube, para su asombro, había… un niño tumbado. ¡El mismo niño que había acudido a rescatarles en el bosque! La estaba mirando de lleno. Katherine dio un grito ahogado. Solo había visto a ese niño una vez. A la luz del día brillaba con más fuerza. Parecía estar hecho de luz y niebla, como un aliento durante una fría noche de invierno, y... y... ¿cómo era posible que estuviera sobre una nube? Se quedó mirándolo, asombrada.

Tan solo coincidieron un instante. Ella le sonrió. Él le devolvió la sonrisa. Ella alargó la mano hacia él, y él hizo lo mismo. Sus yemas estaban a punto de tocarse. Entonces ella empezó a caerse.

Mientras que la subida había sido una mezcla deliciosa de terror y júbilo para Katherine, el resto del viaje fue completamente diferente. Estaba tan abstraída pensando en el niño encantado, que casi no se dio cuenta de que estaba cayendo a toda velocidad hacia la Tierra. Tampoco se percató de que Ombric había salido de la Gran Raíz y se había apoyado en el bastón para mirar. Aterrizó —para alivio de Norte— suave y cómodamente en los alargados brazos del genio. Un soplo de brisa le acarició la mejilla. La niña alzó los ojos para mirar la nubecilla una vez más.

—Sabía que la cogería. Lo construí de ese modo —bravuconeó Norte cuando todos aplaudieron. Pero su corazón siguió desbocado hasta que el genio puso a Katherine con cuidado sobre la hierba.

—¿Y si no la hubiera cogido? —exclamó William el Casi-Menor, que parecía decepcionado al ver que las cosas habían salido tan bien.

—Genio, quiero poder ser invisible —pidió William el Menor.

La luz del sol centelleó sobre los hombros del genio. Hizo una pausa y, después, con una reverencia, dijo:

—Ese es un deseo que no puedo conceder.

—¿Por qué no? Se supone que tienes que hacer todo lo que te pedimos —protestó William el Menor.

—Soy un genio de lo posible. Solo puedo hacer lo que una máquina o un mortal puede hacer, pero con más eficacia. Hacerte invisible requiere magia. Y la magia es solo para aquellos con la sabiduría para ejercer su poder.

Y volvió a hacer una humilde reverencia.

Ombric tosió y caminó hasta el genio. Lo examinó pulgada a pulgada. No dijo ni una palabra. Los aldeanos contuvieron el aliento, en parte esperando que Ombric estuviera disgustado, aunque no sabían por qué. Y Norte supo morderse la lengua. *Menudo perro viejo*, pensó. *Estoy seguro de que encontrará algún fallo.*

Pero, para su sorpresa, Ombric dio unos golpecitos al pecho del genio, pasó un dedo por la llave de plata y dijo:

—Un trabajo admirable. Bien construido y concebido con sabiduría. Será de gran ayuda en nuestro viaje. —Se volvió hacia Norte y golpeó el suelo con el bastón.—

Nicolás, recoge tus cosas y prepara tu genio. Partiremos en una misión de vital importancia al amanecer.

Katherine alzó la vista.

–¿Puedo ir yo también?

La expresión del viejo mago se suavizó.

–No, pequeña. –La tomó de la mano y prosiguió:– Debes quedarte aquí. Necesito que ayudes al oso y a Petrov a proteger el pueblo mientras estemos fuera.

Katherine tragó con fuerza y asintió, pero en el fondo estaba decepcionada. Si iba a haber aventuras, quería verlas para representarlas en su cuaderno de dibujo. Norte también lo sintió por Katherine: no había nada como una aventura para que la sangre corriera y las mejillas se enrojecieran. El genio, por supuesto, no podía sentir nada: solo era una máquina.

Pero todo eso cambiaría pronto, y Katherine viviría una aventura inigualable con cualquiera de su breve vida.

CAPÍTULO DIECISÉIS

La Rabia, la Edad y el Miedo Hacen Una Indeseada Aparición

EL RESTO DEL DÍA ESTUVO REPLETO de actividad y confusión: empaquetaban unas cosas, luego las sacaban y al final volvían a guardarlas. Nadie del pueblo recordaba que Ombric se hubiese aventurado a salir fuera de Santoff Claussen, así que la ocasión provocaba muchas conjeturas. Norte, que había sido guerrero, entendió que era necesario que todo se hiciera en secreto —antes de llegar a Santoff Claussen, solo había confiado de verdad en Petrov—, así que, aunque Ombric no le hubiera contado su destino a Norte (ni a nadie más), se puso manos a la obra. Con ayuda del genio, forjó un nuevo juego de espadas y dagas con fragmentos del antiguo meteorito que había marcado la fundación del pueblo.

—Rico en polvo de estrellas —explicó Norte al genio—. Según el viejo, pueden rechazar a cualquier sombra.

—Manos a la obra —replicó el genio con una reverencia.

La respuesta del hombre mecánico le desconcertó.

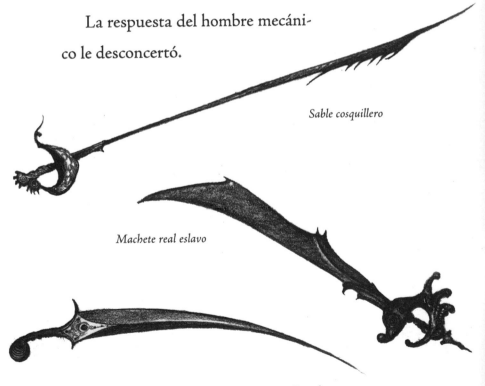

Sable cosquillero

Machete real eslavo

Espada cortacampos otomana

Norte estaba en medio de la Gran Raíz afilando las nuevas espadas.

—Hay que ser más ingenioso que el enemigo —le dijo pensativamente a Ombric, que se había acercado a ver cómo iban las cosas—. Y Sombra es de lo más astuto.

El anciano asintió y contestó:

—Eres un chico listo.

Y, aunque ni los caballos cosacos pudieran obligarle a admitirlo, Norte disfrutó del extraño cumplido del anciano.

Al anochecer ya habían preparado el equipaje y habían hecho todos los preparativos. Katherine insistió en ayudarles a cada paso, pero había estado más callada que de costumbre. De hecho, Ombric se había dado cuenta de que, desde que había anunciado su viaje a los vecinos, la niña casi no había hablado. Estaría demasiado cansada, pensó Ombric, así que hizo un conjuro en su habitación procurando que el musgo oval que le servía de alfombra fuera más grueso y añadiendo una gota extra de dulce en el chocolate caliente.

Pero eso no era en absoluto lo que Katherine quería. Lo que deseaba —desesperadamente— era ir con ellos.

—¡Ya soy bastante mayor! —insistió—. ¡Os puedo ayudar!

—¿Tú qué crees, aprendiz? —preguntó Ombric a Norte a la luz de las velas—. ¿Crees que debería venir con nosotros? ¿O quedarse, como he propuesto?

Norte pensó largo y tendido antes de contestar. Katherine albergaba la esperanza de que Norte se pusiera de su lado. Tenía que hacerlo. ¡Era su campeón! Pero, aunque odiara reconocerlo, sabía que el mago tenía razón.

—Es demasiado peligroso, Katherine. Tu sitio está aquí. Es lo mejor para ti y para todos.

Para Katherine, esas palabras fueron una auténtica traición, así que cuando Norte le dio las buenas noches, ella se negó a contestar. Él dijo buenas noches por segunda vez y ella volvió su rostro hacia la pared en un silencio pétreo.

Norte lo entendió: él tampoco era de los que aceptaban un no por respuesta. Pero aquel silencio le había hecho daño. *Puedo vencer a cualquier ser que respire, y, sin embargo, esta niña me hiere más que una bala o un cuchillo*, pensó, y reafirmó su decisión de que Katherine debía quedarse en casa, a salvo. No obstante, cuando salió de su habitación agitó la mano con un gesto brusco, extinguiendo todas las velas de la habitación —un conjuro que acababa de aprender y que, con su enfado, había perfeccionado—. Subió las escaleras ruidosamente hasta el laboratorio y dio un portazo.

Ombric pasó junto a la cama de Katherine, frunciendo el ceño en la oscuridad.

—El muchacho es valiente pero indisciplinado —musitó—. Quizá nunca llegue a ser un verdadero mago.

En cuanto lo hubo dicho, oyó una tos en el laboratorio y, emitiendo un leve silbido, una única vela de la mesilla de noche de Katherine se encendió sola. Un resplandor leve pero cálido volvió a la habitación.

A la misma velocidad, Katherine se inclinó y, resentida, apagó de un soplido la vela. Volvió a acostarse y se cubrió la cabeza con las sábanas.

Ombric meneó la cabeza desconcertado. Tanto drama, tanta rabia. Bueno, así es la juventud, recordó. La calma viene con la edad. Y Ombric llevaba una temporada sintiéndose muy viejo. La lucha contra Sombra y el oso le había dejado cansado e inquieto; su confianza se había debilitado. ¿Tendría bastante poder para enfrentarse a Sombra de nuevo? ¿Estaría

Nicolás listo para ocupar su lugar si ocurriera lo peor? Norte aún no había demostrado su valía como mago, cosa que también preocupaba a Ombric. Pero sabía que tenía que seguir adelante. Seguir concentrado y constante. Sombra contaba con el miedo. Lo usaba como un arma. Y Ombric no podía dejarse ganar.

Invocó a una luciérnaga para que hubiera algo de luz en el dormitorio de Katherine, y después se dirigió a su vez al laboratorio. La subida nunca le había parecido tan extenuante, pero le alegró ver a Norte revisando de nuevo todo lo que se llevarían al viaje. Llevaban una cantidad enorme de instrumentos, libros, elixires, pociones y armas, pero todo cabía en una mochila pequeña. Ombric la llamaba «la bolsa infinita»: la había diseñado para que cupiese cualquier cosa que se metiese dentro.

—En una ocasión metí una montaña entera y un castillo —le había explicado a Norte cuando miró la bolsa con escepticismo.

Sin embargo, pesaba tanto como lo que contenía.

–Un problema que nunca he podido solucionar –admitió Ombric–. Pero para eso tu genio nos vendrá estupendamente. Supongo que podrá cargar con todo el peso, ¿verdad?

–Con eso y con mucho más –aseguró Norte.

El genio, que estaba de acuerdo, hizo una reverencia.

–Debemos descansar, pues partiremos con la primera luz del día –dijo el mago, y subió al extraño ensamblaje que era su cama.

Norte se había quedado estupefacto cuando vio por primera vez su cama: una esfera gigante que se abría por secciones cuando Ombric se acercaba. El interior estaba vacío excepto por una vara de madera junto a la base sobre la que Ombric se ponía de pie. La esfera estaba rodeada por más o menos una docena de búhos agarrados a perchas con las alas plegadas a los lados y los ojos cerrados. Ombric adoptaba una postura que se parecía mucho a la de las aves y también cerraba los ojos. Entonces la esfera se cerraba y cada búho ululaba en silencio. Ombric no se movía hasta el alba.

Nicolás San Norte había dormido en muchos lugares extraños: en árboles, en el borde de precipicios, debajo de la cama de un marajá que dormía... Pero siempre había sido porque no le quedaba más remedio. A Ombric, sin duda, le gustaba su cama; era su casa. A Norte, los magos le parecían tipos extraños.

Pero aquella noche no estaba pensando en eso. Tampoco estaba preocupado por el inminente viaje ni por lo que podrían encontrarse. En vez de eso, no podía dejar de pensar en Katherine y en que seguía enfadada con él. Se obligó a pensar en otra cosa.

Se preguntó si el genio dormía. Norte fue sigilosamente al taller y se asomó. La esfera de Ombric, en lo alto, emitía suaves ronquidos. El genio estaba erguido, pero parecía estar descansando.

—Buenas noches, genio —susurró Norte.

—A sus órdenes —respondió.

Norte no lo había dicho como una orden, así que la respuesta le divirtió. Cuando volvió a la cama, empezó a imaginar otras cosas que decirle que no entendería. Si Norte le dijese de pasada al genio «que tengas un buen día», ¿haría que saliera el sol en un día de lluvia? No tardó en dejar de pensar en el enfado de Katherine y acabó quedándose dormido. Pero el genio no dormía.

Una arañita negra estaba descendiendo de un hilo de seda hacia la oreja izquierda del genio. Las arañas eran muy habituales en la Gran Raíz; Ombric hablaba a menudo con ellas. Pero esa araña era distinta. Se deslizó delicadamente en la oreja del genio.

Sombra, sin duda, era de lo más astuto.

CAPÍTULO DIECISIETE

Un Giro Inesperado

CUANDO KATHERINE SE DESPERTÓ a la mañana siguiente, en la Gran Raíz reinaba el silencio. Demasiado silencio. No se oía el parloteo alegre que acompañaba al comienzo del día. No oyó la ruidosa risa de Norte cuando probaba algún conjuro nuevo ni el tarareo distraído de Ombric.

¡Se han ido sin decir adiós!, comprendió. El corazón le dio un vuelco. Sin embargo, había un desayuno completo flotando junto a la cama y, a su lado, una cajita con una nota. Agarró la taza de chocolate caliente y le dio un trago. Lo había hecho Ombric. Lo preparaba

con menos chocolate que Norte, que siempre le ponía un poco más del necesario. No sabía cuál le gustaba más: los dos estaban buenos a su manera. Luego se volvió hacia la caja. Sospechaba que era cosa de Norte; Ombric al menos la habría envuelto en muselina. Mientras la abría lentamente, pensó: *Esta es su forma de decirme que me echarán de menos.* Estaba aprendiendo que los magos preferían los hechos a los dichos.

Dentro de la caja había un aparato redondo. Era de oro y pesaba como un reloj, pero solo tenía una manecilla y carecía de números. En lo alto de la manecilla había una sola letra: una N. Desdobló la nota que tenía debajo. Ponía:

> *Querida Katherine:*
> *Si estás en apuros, siempre puedes encontrarme.*
> *La flecha te indicará el camino.*
> *Con cariño,*

Su tristeza se disipó ligeramente. Era típico de Norte. Solo él podría hacer una brújula que le señale a él mismo.

Katherine también sabía que era su forma de ponerla a prueba. Si quisiera, podría ir a buscarles, pero le habían pedido que se quedara con Petrov y el oso para vigilar el pueblo, y eso iba a hacer. Sin embargo, no podía evitar desear que hubiera una pizca de problemas. Así tendría una excusa para salir tras ellos. Ese pensamiento le hizo sonreír. Pero Ombric siempre decía «cuidado con lo que deseas». Se terminó el chocolate y pensó que los magos eran muy pesados. Con todo, se ajustó la cadena de la brújula en el ojal y la miró una vez más.

Tal y como había prometido, Katherine cumplió con sus tareas del día. Le echó hierba fresca a Petrov e hizo compañía al oso. Su nueva brújula colgaba sobre su blusa. Se prometió no mirarla más, pero aproximadamente cada hora miraba hacia abajo para no perder de vista hacia dónde apuntaba. Por lo que veía, Norte y Ombric avanzaban a toda velocidad hacia el sudeste, y no debían de haberse marchado mucho después del amanecer.

En efecto, Norte y Ombric habían partido al amanecer. Había sido una empresa difícil, con un montón de equipo y de artilugios que debían introducir en la bolsa infinita y que dificultaban el viaje. Ombric tuvo que admitir que el sagaz genio de Norte suponía un verdadero avance en la fusión de la magia antigua con la magia humana. Mientras se preparaban para partir, Ombric se lamentó de que, incluso con la ayuda del genio para llevar las provisiones, sería un viaje lento y extenuante. Pero Norte guardaba una sorpresa para el viejo mago.

–Genio, ¡llévanos arriba! –le ordenó con una voz demasiado alegre para esas horas de la mañana.

El genio hizo la reverencia habitual, pero de pronto salió de su espalda, de sus hombros y de sus brazos el más hermoso y complicado trineo volador. Las tablas del suelo, la cubierta y los tornillos eran extensiones mecánicas del propio genio.

Con las herramientas por fin a bordo, Norte se volvió hacia su profesor para no parecer demasiado complacido consigo mismo.

—¿He de suponer que estamos listos? —preguntó Ombric furtivamente, pero no esperó una respuesta. Se subió a bordo, se sentó en lo que parecía el asiento del capitán y empezó a examinar los controles. Norte iba a explicar cómo funcionaba la máquina voladora cuando Ombric le interrumpió—: Eres muy listo, Nicolás, pero yo también he estudiado al maestro Da Vinci.

El anciano se había percatado de que Norte había tomado gran parte del diseño de los cuadernos de dibujo del famoso Leonardo da Vinci, que formaban parte de la colección destacada de la biblioteca de Ombric.

—Da Vinci y yo fuimos buenos amigos, ¿sabes? —prosiguió el hechicero—. Sin embargo, sus diseños nunca llegaron a funcionar correctamente.

Norte se encogió de hombros.

—He incorporado unas mejoras.

Tiró de una palanca, presionó un botón y giró una llave. Las hélices se pusieron en marcha en cuestión de segundos y el «volador» echó a volar.

Por la tarde ya estaban a miles de kilómetros de distancia de Santoff Claussen. De vez en cuando, Ombric miraba su globo terráqueo de bolsillo y decidía el rumbo.

—¡Gira veinte grados al oeste! —gritaba contra el viento, y el genio, por supuesto, pilotaba siguiendo sus órdenes.

Ombric aún no había dicho a dónde se dirigían, pero Norte tenía bastante claro dónde estaban. De hecho, su destino llenaba el cielo frente a ellos. Era imposible no verlo.

—¡El Himalaya!

Las montañas más altas del mundo: enormes, cubiertas de nieve, majestuosas y amenazantes. Norte nunca las había visto: allí no había nada que hubiera querido robar. Pero el robo ya no estaba en su mente. Solo sentía impaciencia e ilusión. *¿En qué nos ha metido el niño viejo?*, se preguntó. ¿Habría una batalla? Hacía meses que Norte no había estado en combate. Desde que Sombra atacó la Gran Raíz, no había tenido que bregar ni con la testaruda tapa de un tarro. Pero estaba seguro de que al añadir su nuevo conocimiento de magia y de conjuros a su arsenal armamentístico, era más temible que nunca. Además, el genio estaba armado: Norte le había dado una de sus mejores es-

Viajar en genio es más cómodo de lo que cabría esperar.

padas. ¡Menudo guerrero sería! Con la fuerza de cien hombres y la obediencia de un perro lobo entrenado, ni siquiera una avalancha podría detener a su invento.

Mientras Norte se deleitaba a escondidas, Katherine estaba sumida en el aburrimiento. Había sido un día largo y apático en Santoff Claussen. Había cabalgado por el perímetro exterior del pueblo unas doce veces con la esperanza de que hubiera algún minúsculo peligro o alguna aventura, pero aparentemente todo estaba en orden. Petrov parecía igual de inquieto, y disfrutaba cualquier ocasión para montar con Katherine. Y eso hicieron. Un caballo resultaba mucho más fácil de manejar que un reno. ¡Y además tenía montura! A Katherine le encantaba galopar a toda prisa porque le hacía sentir muchas emociones. El oso vino en varias ocasiones para asegurarle a Katherine que el bosque estaba tranquilo, en silencio y funcionando como siempre. Se

El oso

le estaba ennegreciendo una parte del pelo de la barbilla, por lo que parecía que llevaba una elegante perilla. A Katherine le recordaba a Norte.

El único suceso digno de consideración del día fue, además, el peor: Petrov se tropezó al regresar a la Gran Raíz por la tarde. Su casco izquierdo se atascó en la hendidura irregular en la que Sombra se había filtrado en la tierra tantas semanas atrás. Todos los aldeanos evitaban aquel lugar excepto Katherine y Petrov, que sentían cierto placer al galopar por encima, pisando con fuerza cada vez.

Afortunadamente, no se había roto la pata, pero se la había torcido mucho y tuvo que ir cojeando hasta la Gran Raíz. No volverían a cabalgar hasta pasados unos pocos días.

Mientras preparaba la cama aquella noche, Katherine tuvo un mal presentimiento. Quizá fuera por el accidente de Petrov, o quizá la Gran Raíz parecía desierta sin Ombric y Norte. Lo que sentía era peor que la soledad: se parecía más bien al terror.

La última tarea del día era dar de comer a los búhos de Ombric. Había estado tan distraída por aquel sentimiento inquietante, que casi se le había olvidado. Con el camisón puesto, sujetando una vela en una mano y las golosinas preferidas de los búhos en la otra, se abrió paso hasta el laboratorio de Ombric. Cuando abrió la puerta, se quedó mirando sorprendida. Su librería estaba especialmente desordenada. Se habían marchado a toda prisa, claro, y Norte no era tan meticuloso como Ombric, pero ¡menudo desastre!

Pensó en lo contentos que se pondrían los dos si al volver encontraban su lugar de trabajo ordenado, así que, una vez alimentados los búhos, Katherine empezó a recoger. No entendía nada de aquellas escrituras y aquellos dibujos tan extraños —estaban en latín o en francés, o en alguna lengua antigua que desconocía—.

Estaba rodeada de cosas que le resultaban familiares a la par que extrañas e irreconocibles.

Cuando Katherine se disponía a cerrar uno de los libros, algo le llamó la atención. Había varias hendiduras extrañas en el papel suave y pulposo. Ombric era sumamente cuidadoso con sus libros; incluso usaba guantes cuando hojeaba algunos volúmenes antiguos. Nunca antes había visto marcas como esas en sus libros. Pasó una docena de páginas y encontró las mismas muescas. Pero no eran en absoluto hendiduras... ¡Eran huellas dactilares!

Agarró una de las muchas lupas que había desperdigadas por aquel maremágnum. Parecía que cada marca tenía un patrón: remolinos, como en las huellas dactilares reales, pero más gráciles e inusuales. Había visto algo parecido antes, pero ¿dónde? Mientras intentaba recordarlo, la sensación de terror se volvió más intensa, y para cuando las piezas encajaron, el pánico la dejó helada. ¡El genio robot! Las huellas eran suyas. Sabía que Ombric nunca le confiaría esos conjuros a una máquina. ¡El genio debía de haber estudiado aquellos libros mientras Ombric dormía!

Katherine miró a toda prisa la cubierta del libro. Podía descifrar las partes más fáciles. *Conjuros de...* ¿De qué? ¿De qué? La siguiente palabra no la había visto nunca y tuvo que consultar dos diccionarios diferentes para descifrarla, pero al lograrlo dio un grito ahogado. El título decía *Conjuros de esclavitud.*

CAPÍTULO DIECIOCHO

A Hurtadillas Viaja el Mal Astuto

HABÍA TRANSCURRIDO UNA HORA desde que Ombric empezó a sospechar que Sombra debía de estar controlando al genio. Un ínfimo detalle había despertado sus sospechas, algo que solo un viejo hechicero habría detectado. Estaba seguro de que Norte no sabía nada; el joven estaba absorto mirando el Himalaya, por lo que había bajado la guardia, pero Ombric se había dado cuenta de que el genio también estaba admirando las montañas, con sutileza, a escondidas, como si no quisiera llamar la atención. Y Ombric sabía que eso era algo que ninguna máquina haría por sí misma.

Una máquina no podía tener curiosidad. Una máquina no podía sentir interés o asombro. Solo podía hacer lo que se le mandaba, y ni Ombric ni Norte le habían ordenado nada al genio aparte de que les llevara volando.

Ombric cerró los ojos y se concentró.

Incluso a muchos kilómetros de distancia, podía comunicarse mentalmente con sus búhos de la Gran Raíz. En pocos segundos, los oyó. *Katherine nos da más comida que tú,* dijeron. *A partir de ahora queremos raciones más grandes.* Tuvo que discutir mentalmente un rato, pero al final los perezosos y tragones búhos lograron concentrarse en las preguntas que les hacía el mago.

Uno de ellos recordó haber visto una araña sobre la cabeza del genio la noche anterior. El búho no le había dado ninguna importancia y se había vuelto a dormir. En la Gran Raíz, las arañas no eran en absoluto infrecuentes: contaban chistes estupendos y se les daba muy bien hacer cosquillas.

¿Qué tipo de araña era?, preguntó Ombric en silencio.

Una araña extraña, contestó el búho. *Negra por completo. Una araña lobo, creo.*

Eso era todo lo que Ombric necesitaba saber. Las arañas lobo de Rusia pasaban el invierno aletargadas. Eso era todo lo que sabía, y la conclusión más plausible era la siguiente: Sombra había superado las defensas de Ombric con lo que a simple vista parece el disfraz más sencillo: el de araña doméstica.

Pero ¿qué hacer? Si Sombra controlaba al genio, Ombric sabía que la mejor opción que tenían era sorprenderle y vencerlo cuando bajara la guardia. Pero ¿podrían ganar a una máquina con tanta fuerza? ¿Una máquina que, según recordó Ombric horrorizado, estaba armada con una de las espadas que Norte había forjado?

Además, no solo estaba en juego su propio bienestar. Estaba claro que ellos dos eran el objetivo de Sombra, pero probablemente el maligno también quisiera recuperar las reliquias del *Clíper Luna*. *El genio no puede acercarse a nuestro verdadero destino*, pensó Ombric. ¡A saber lo que podría hacer Sombra si se apoderaba de lo que estaban buscando y con el poder que sin duda poseía! Y estaban a punto de llegar a ese lugar… Ombric tenía que engañar al genio. Tendría que usar encantamientos y magia, y encontrar el momento oportuno sería clave.

—La base de aquel pico… Es allí. ¡Aterriza allí, genio! —gritó Ombric enseguida, señalando a una montaña que se cernía sobre ellos.

—A sus órdenes —dijo el genio, y con un ligero cambio de rumbo, descendió la nave hasta el ventisquero nevado que había abajo.

Ombric intentó llamar la atención de Norte, pero el aprendiz estaba demasiado ocupado disfrutando del paisaje. Tenía las mejillas coloradas; Ombric no sabía si era por el frío o por la excitación. Norte preguntó:

—¿Es aquí?

—Por supuesto que sí, Nicolás —contestó el mago—. Lo que buscamos se encuentra debajo de toneladas de roca y nieve. Pero, gracias a ti, contamos con el genio para que lo desentierre.

Norte siguió con la mirada perdida.

—Es un lugar perfecto para una emboscada —murmuró—. Somos presa fácil para cualquier fuerza que esté al acecho.

Desenvainó las dos espadas y se bajó del trineo, alerta y preparado.

Ombric sabía que ahora debía tener mucho cuidado. Agarró su bastón con fuerza. Podía detener fácilmente una máquina con un solo conjuro, pero sería mucho más difícil detener a una máquina controlada desde dentro por una fuerza maligna. Ombric sintió que la nieve crujía bajo sus pies al intentar no apresurarse. Recorrió su memoria en busca de los encantamientos más eficaces.

Ya los tenía. Bastarían dos conjuros pronunciados a la vez sin titubear. Pronunciarlos le llevaría unos cuatro segundos, puede que cinco. Pero cinco segundos eran demasiado tiempo ante una situación tan peligrosa. Ombric tendría que distraer al genio y realizar los hechizos en el momento perfecto.

–Genio –comenzó Ombric–, retrae la nave y prepárate para excavar.

Lo que ocurrió después fue casi imperceptible, pero Ombric lo vio: el genio había dudado. Ombric estaba seguro de ello. El genio estaba poseído. Mientras lo pensaba, el genio empezó a plegar la nave.

Ombric tenía los conjuros preparados.

Estaba a punto de espetarlos cuando, de repente, sin aviso previo, ¡Norte atacó al genio!

Con aún más velocidad, el robot desenvainó su propia espada y rechazó los golpes de Norte.

—¡Lo sabía! ¡Está poseído, Ombric! —gritó Norte—. No le he ordenado que se proteja.

Norte embistió furiosamente al genio, pero el robot paró cada uno de sus golpes.

Por un instante, Ombric sintió orgullo por la buena intuición de Norte, pero no podía entretenerse con eso, no era el momento. Invocar dos conjuros a la vez era algo que solo podían hacer los magos más poderosos, y Ombric lo estaba haciendo perfectamente.

Norte estaba combatiendo al genio con la misma perfección: su precisión, alimentada por la furia, era asombrosa. *No recuerdo haber luchado mejor*, pensaba mientras Ombric se apresuraba a pronunciar el final de los conjuros.

Justo cuando el mago pensaba que lo conseguiría, se dio cuenta de repente de que había perdido el control sobre su boca. Estaba… congelada. Después la sensación helada se extendió a su cara, siguió por sus hombros hasta que le dejó todo el cuerpo rígido y paralizado. Además, se estaba encogiendo cada vez más. Al caer al suelo emitió un leve sonido. Después lo oyó otra vez. Era Norte. Los dos se encontraron tumbados en el suelo, incapaces de moverse. El genio los miró a los dos. Una risa oscura y terrible resonó en las profundidades de su pecho. Era la risa de Sombra.

—¿Puedo ser también tu aprendiz, Maestro Ombric? —gruñó—. ¡He aprendido tus conjuros de esclavitud muy deprisa!

Norte se esforzó por mirar hacia Ombric, pero no podía ni parpadear. Entonces comprendió que no solo estaba paralizado.

—¡Ahora sois *mis* esclavos! —dijo el genio regodeándose—. Mis marionetas.

Era cierto. Los había convertido en pequeñas versiones de porcelana de sí mismos. Tenían el tamaño de unas muñecas.

El genio se agachó junto a ellos, proyectando una enorme sombra sobre sus pequeños cuerpos.

—Ahora, contádmelo todo sobre el arma que estáis buscando.

CAPÍTULO DIECINUEVE

Donde Ulular Dice Mucho

En cuanto Katherine hizo el perturbador descubrimiento sobre el genio, todos los búhos que estaban posados en el laboratorio de Ombric empezaron a ulular. Era obvio que habían recibido un mensaje del mago.

Katherine apenas hablaba la lengua de los búhos (aunque parecía sencilla, era una de las lenguas de las aves más sutiles y difíciles de dominar), pero escuchó con atención y consiguió entender una de las palabras clave.

—¡Peligro! —gritó, y los búhos asintieron. Corrió a la bola del mundo de Ombric—. ¡Decidme dónde! —suplicó volviéndose hacia los búhos.

Con el pico señalaron una zona enorme y blanca en el centro del Himalaya.

—¿Ombric y Norte están en peligro? —preguntó por última vez, como si quisiera estar del todo segura.

Los búhos parecieron entenderla, porque ulularon con fuerza.

Katherine había esperado mucho tiempo para vivir su propia gran aventura, y había llegado la oportunidad. Parecía tener el instinto necesario. Quizá lo hubiera heredado de sus padres, pero como era una expósita, no podía estar segura. Apenas tardó un momento en idear un plan. Le sorprendió lo natural que parecía. Entonces pasó a la acción.

El búho jefe siempre es el primero en contestar.

—Volad al bosque. Traed a los renos —les ordenó a los búhos, apoyando sus palabras con gestos. Los búhos alzaron el vuelo haciendo mucho ruido con cada aleteo. Katherine miró la brújula que Norte le había dado. Señalaba el camino que debía seguir. Corrió a su cuarto. Iba a ir a un lugar frío y peligroso. Necesitaría un abrigo y una daga.

CAPÍTULO VEINTE

En el Que Un Golpe de Suerte Provoca un Cambio de Planes

EL PLAN DE SOMBRA había funcionado mejor de lo que hubiera imaginado. Estaba absolutamente encantado con la protección que le brindaba el caparazón metálico del genio. No solo estaba protegido del sol y de la luz de la luna, sino que además podía moverse con tanta facilidad como cuando tenía forma de sombra. Aunque en el cuerpo del robot no podía convertirse en vapor ni adquirir el tamaño de una nube tormentosa, le recordaba la sensación de cuando era un ser: sólido, sustancial y real. Algo que ningún niño o adulto podría considerar una mera pesadilla o visión.

Durante los meses posteriores a su liberación de la cueva, Sombra y sus secuaces se habían extendido a casi todos los rincones del planeta, sembrando miedo e inseguridad a su paso. Pero aquella nueva libertad tenía limitaciones que le frustraban. Por la noche podía ser tan temible como cualquier criatura que haya existido. Había aprendido a invocar nubes para bloquear a la entrometida luz de la luna. En la oscuridad absoluta era maldad absoluta, capaz de asediar a quien quisiera con pesadillas tortuosas.

No obstante, cuando llegaba la mañana, tenía que retroceder con sus esbirros. ¡La luz del día tenía el poder de deshacer su trabajo! Los adultos ignoraban sus encuentros con él como si nunca hubieran ocurrido. No eran más que «un mal sueño». Y convencían a sus hijos de lo mismo.

Lo que era peor, los niños habían empezado a llamarle «Coco», un nombre que odiaba. Y aunque le temían, no acababan de creer en él. Pero ahora... ¡ahora!... sería algo que podrían ver a cualquier hora. Ahora era algo que no podrían negar.

Pero eso no bastaba. Necesitaría nuevas armas y conocimiento para conquistar el día. Ahora entendía que acosar a los niños con pesadillas no era más que el principio. Para lograr su objetivo, tenían que creer en sus pesadillas.

Se sentía más poderoso que nunca. Ninguna fuerza podría pararle. El oso, el árbol entrometido... todos caerían ante él a la misma velocidad que el estúpido mago y su irresponsable aprendiz. Pero primero...

Primero estaba el asunto del aparato, el arma, la *cosa* que el viejo había salido a buscar. Si el hechicero creía que esa arma podría acabar con él, tenía que ser realmente poderosa.

Sombra levantó a sus dos cautivos en miniatura y los agitó de un lado al otro exigiendo respuestas, pero no consiguió lo que quería. Ombric no quería o no podía hablar. Por mucho que Sombra le ordenara que revelara el paradero de aquella «arma», el mago en miniatura estaba mudo. Y Norte no podía contestar por la sencilla razón de que no sabía nada. Ombric no llegó a decirle ni a dónde iban ni qué iban a buscar.

Norte estaba furioso. Había sido capturado por la misma criatura que se había propuesto destruir, y la culpa era solo suya. ¿Por qué no había escuchado a Ombric cuando éste le previno del peligro que entrañaba unir la magia antigua y la moderna? Norte sentía una vergüenza profunda y devastadora, además de un sentimiento que le resultaba completamente ajeno: la indefensión. En su época de joven guerrero, se había visto en situaciones muy comprometidas, pero incluso cuando estaba acorralado, podía abrirse camino. ¿Pero qué podía hacer convertido en muñeco? Se sentía inútil, sin poder y, para más insulto e injuria, su propia creación le había engañado.

El conjuro de Sombra era ingenioso y perverso. Norte solo podía hacer lo que le ordenaba aquel diablo, pero además estaba atrapado como un juguete sin verdadera voluntad propia. Sabía que ningún conjuro podría deshacer aquella sofisticada trampa. Ni siquiera podía intentar hablar con Ombric para buscar una forma de salir de aquella pesadilla. Solo hablaba cuando Sombra se lo ordenaba, y Ombric no había dicho palabra desde que Sombra les había hechizado.

—Juguetes patéticos. ¿Vais a resultarme inútiles? —refunfuñó Sombra frustrado.

—Sí, señor —contestó Norte.

Sombra los lanzó a la nieve con desprecio.

—El arma está aquí... de eso estoy seguro. Con el tiempo la encontraré. Toda la magia que pueda necesitar está en esos libros tuyos. No necesito ningún tutor.

Había empezado a nevar. Los fríos copos caían sobre el rostro de Norte. *No es exactamente así como muere un guerrero*, pensó Norte. *Ni un mago.*

Entonces apareció un resplandor familiar, la luz que Sombra más odiaba.

CAPÍTULO VEINTIUNO

La Risa Es un Remedio Amargo

EL HIMALAYA ERA ENORME, envolvente y silencioso. Pero esa quietud se hizo pedazos con la llegada del niño espectral. El rato que siguió fue una sucesión de acción y ruido. Una explosión de luz pura, como la caída de un meteorito, apartó de golpe a Sombra de Norte y Ombric.

Mientras Sombra intentaba levantarse, se topó con el niño espectral de pie frente a él, con la punta de diamante de su bastón a unos centímetros de la placa que le cubría el pecho, apuntando a la llave que activaba el caparazón mecánico. Sombra retrocedió al instante. El

recuerdo de la misma situación le abrumó: una luz cegadora, una daga en el pecho, siglos de cautiverio en una cueva pútrida. ¡Esta vez no!

Sombra desenvainó la espada y se dispuso a acabar con el muchacho. Pero algo le hizo detenerse de golpe: la imagen inverosímil de un grupo de renos galopando desde las nubes más bajas, retumbando hacia él. Sobre el primer reno iba una niña que blandía una daga con la furiosa habilidad de un avezado espadachín. Y... ¿cómo era posible?... ¡Galopaban sobre una especie de bruma luminosa!

Antes de que Sombra pudiera reaccionar, la niña y su compañía aterrizaron. La nieve caía por todas partes y enseguida los renos rodearon a Sombra. Entonces la niña avanzó, agarrada a la perilla de la montura con una mano y recogiendo a Norte y Ombric con la otra. Sombra la miró incrédulo al tiempo que todos los renos que le rodeaban saltaban sobre la niebla luminosa y se perdían en el cielo. Se volvió hacia el niño espectral, pero también había desaparecido, y solo quedaba el eco de su risa rebotando de una montaña a otra. Para Sombra, aquello era como una astilla bajo la piel: le irritaba y le enfurecía.

CAPÍTULO VEINTIDÓS

El Encuentro Más Extraño

Cuando Katherine sintió que ya estaban lo bastante lejos de Sombra, dirigió a los renos hacia lo que parecía un lugar seguro y cómodo: una cueva en medio de la ladera de las macizas crestas. Estaba anocheciendo, pero le bastaba el brillo del niño espectral para ver el terrible aprieto en el que estaban sus dos amigos.

De algún modo, Sombra había convertido a Norte y Ombric en muñecos: Ombric llevaba un sombrero, una túnica y un bastón en miniatura; Norte llevaba un abrigo rojo y negro, y en cada mano una espada del tamaño de un alfiler. Sus rostros carecían de expresión y sus ojos no parpadeaban.

—¿Norte? ¿Ombric? —susurró, aguantando las lágrimas—. ¿Cómo puedo salvaros?

La determinación templó sus preocupaciones. Encontraría el modo de que volvieran a ser ellos mismos. Los llevaría de vuelta a Santoff Claussen. Y estudiaría hasta el último libro de la biblioteca de Ombric... Aunque le llevara toda la vida, aprendería cómo hacerlo.

Los renos se abrieron paso hasta el borde de la cueva, presintiendo la tristeza de Katherine. La rodearon y con su aliento escarchado calentaron el lugar. Fuera, el viento comenzó a soplar, llenando el aire con un aullido de otro mundo. El niño espectral atenuó su bastón y se asomó con cuidado por la entrada de la cueva. Metió la cabeza de inmediato. El cielo estaba sucio por un sinnúmero de hombres de las pesadillas y temores, y el niño supo que estaban buscándoles. Las nubes densas empezaron a cubrir cada atisbo de luz de luna. La noche trajo consigo todos los trucos de Sombra. El niño espectral constató que Katherine y él estaban en absoluta desventaja.

Miró a Katherine, que estaba sentada en el suelo de la cueva y se balanceaba hacia delante y hacia atrás sin despegarse de sus amigos. Los había envuelto con las esquinas de su abrigo amarillo. El niño la había estado observando a menudo desde aquella primera noche en el bosque. Ella era la única que no se había asustado ante los temores. La vio de nuevo en las nubes, muy alto. Nunca había visto a ningún pequeño ahí arriba. Su sonrisa le había encantado: le había hecho sentirse más feliz que nunca. Entonces, esa misma mañana, había visto a sus amigos —el anciano y el joven del abrigo rojo— en las nubes. ¡Pero habían dejado atrás a la niña! Aquello no le parecía justo. Así que se puso en camino para ver si estaba bien cuando la oyó pidiendo a los búhos que buscasen a los renos. Quería alcanzar a sus amigos altos. Bueno, ¿quién mejor que él para una carrera? Así que concentró sus poderes para crear un camino de luz. La niña supo lo que tenía que hacer.

Pero en su carrera a través del continente, el niño vio que parecía asustada. Miraba sin cesar la brújula que le colgaba del cuello y de nuevo hacia el frente. Solo una vez apartó la vista del horizonte... para mirarlo volando a su lado. ¿Por qué tenía miedo? No estaba seguro, pero sí sabía que no estaba sonriendo. Y él quería volver a ver aquella sonrisa.

Ahora estaban atrapados. ¿Cómo le había permitido que les guiase ni más ni menos que a una cueva? Sabía perfectamente lo que era estar atrapado. ¿No había estado así hasta que la luz de luna vino a liberarlo? Los temores no tardarían en encontrar la cueva. ¿Qué harían después?

El niño se volvió a asomar a la entrada de la cueva. Los temores estaban más cerca. Entonces tuvo

una idea: ¡una persecución! ¡La mejor persecución del mundo! Y esta vez sería algo más que un juego. Sostuvo la punta de diamante de su bastón junto a su cara y sonrió a la luz de luna que había dentro. La luz y él se habían hecho compañeros. La luz estaba lista. Entonces el niño miró a Katherine por última vez.

Un instante más tarde ya se había ido. Sosteniendo el bastón en el aire y brillando más que nunca, el niño voló por el cielo, bajando en picado y trazando círculos hasta que se aseguró de que todos los soldados de Sombra le habían visto. Entonces se dirigió hacia las nubes. Los ejércitos de la oscuridad giraron hacia la izquierda y lo siguieron.

¡Empezaba la jugada final!

CAPÍTULO VEINTITRÉS
◆◦◆
La Noche Más Larga

KATHERINE OYÓ LA RISA del niño espectral mientras alejaba de ella las legiones de Sombra. Era increíble… Lo estaba arriesgando todo por ella y sus amigos.

Era rápido y listo, de eso no había duda. Quizá pudiera realizar otro milagro que les salvara, o puede que encontrara ayuda de algún lugar que ella desconocía.

Pero de momento tenía que procurar que ningún secuaz de Sombra les encontrara. A toda prisa y en silencio, puso a los renos a cubrir la entrada de la cueva usando sus astas como palas para la nieve. Tan solo dejaron un agujerito para poder vigilar.

Pero, a pesar de la barrera, seguía haciendo muchísimo frío. A Katherine le dolían los dedos y se le estaban entumeciendo los pies. No tenía ninguna intención de encender un fuego, y aunque la tuviera, sabía que el más mínimo hilo de humo le permitiría a Sombra encontrarlos, así que arropó a Norte y Ombric con fuerza en el cuello de su abrigo y se apiñó entre los renos, que estaban mucho mejor preparados para aquel clima gélido.

Norte, que no podía moverse, ni siquiera parpadear, no paraba de pensar. ¿Y en qué pensaba ese apuesto bandido, ese ex cosaco, ese guerrero temido? No estaba haciendo planes de batalla ni imaginando cómo derrotaría a Sombra. No. Norte estaba preocupado por el abrigo de Katherine. ¿Sería suficiente para resguardarla? Se imaginó el abrigo que haría para ella si conseguían regresar a la Gran Raíz. Usaría el viejo truco cosaco de poner dos capas de piel. Un escalofrío agitó a Katherine, y Norte experimentó el terrible sentimiento de la impotencia: la niña tenía frío y estaba asustada, y ningún niño debería estar así.

Además, Katherine estaba muy cansada. Trató de mantenerse alerta e intentó concentrarse en qué hacer después, pero la respiración rítmica de los renos no tardó en sumirla en un plácido sueño con Norte y Ombric apretados debajo de su barbilla.

Cuando los niños tienen pesadillas, luchan por despertar a sabiendas que la seguridad se encuentra más allá de los ojos cerrados. Pero, para Katherine, las pesadillas estaban por todas partes, así que el sueño era una vía de escape. Pasó la noche entrando y saliendo de los sueños, aunque no eran sueños corrientes.

Los niños tienen un tipo de sueño muy infrecuente que se despliega como un libro de cuentos, pero ellos no participan en la historia. En vez de eso, observan las aventuras de algún ser querido en una especie de película de la mente. Y en el sueño de Katherine, Nicolás San Norte era el protagonista. Norte era el héroe de miles de aventuras. No era un mago, ni un ladrón, ni un guerrero, sino un personaje de alegría, misterio y magia inagotables que vivía en una ciudad rodeada por la nieve.

Ese tipo de sueños es tan infrecuente, que la mayoría de los soñadores no entienden la magia que posee. Aparece a dúo en otra parte: exactamente la misma aventura tiene lugar en el sueño de otra persona.

Y eso mismo estaba ocurriendo en ese momento. Norte, que yacía impotente y casi sin esperanza, empezó a ver los sueños de Katherine en su propia cabeza. Una ciudad de nieve en un torbellino de actividad en la que él –como nunca se había imaginado y nunca hubiera imaginado posible– estaba feliz y en casa. Era el señor de su propio dominio. Por segunda vez en el mismo número de semanas, Norte entendió qué pensaba Katherine de él. En el dibujo que le había dado para la caja del pecho del genio lo había dibujado más grande de lo que era en la vida real. Y ahora lo imaginaba como si tuviera un lugar importante en el mundo.

Entonces el sueño hizo algo que solo los sueños pueden hacer: pasó a formar parte de Norte, se convirtió en su propio sueño. Comenzó a vivir en su corazón y ya nunca moriría.

El sueño terminó con una violencia repentina. Norte se había despertado, pero no podía ver nada. El abrigo de Katherine le cubría los ojos. Entró una ráfaga de aire frío. Luego oyó gritos y sintió que se alzaban de golpe. Oyó el furioso relinchar de los renos y el sonido de pezuñas y astas chocando contra metal.

Sombra los había encontrado.

Norte sintió otro tirón y oyó a Katherine gritar:

—¡Déjame!

Entonces sintió algo sombrío apretándole. El abrigo de Katherine desapareció de su cara y vio a la niña ovillada en el suelo como una pelotita, rodeada por temores. Los renos, que golpeaban furiosamente con las pezuñas el suelo de la cueva, luchaban con desesperación contra cuerdas y cadenas de sombras, pero estaban bien sujetos. Norte cayó en manos de un temor. De pronto le dio la vuelta y vio el descomunal rostro del genio mirando hacia él mientras la risa de Sombra retumbaba en su pecho de metal.

—Hombrecillo —dijo Sombra con una voz que rezumaba maldad—, qué inútil te has vuelto. —Entonces volvió la vista hacia Katherine.— En una ocasión se me escapó un príncipe de los temores, pero no volverá a pasar. Antes de que te convierta a ti en princesa de los temores, quiero oír un último grito. —Sonrió perversamente al temor que sujetaba a Norte y añadió:— Hazlo pedazos. Ahora.

El temor lanzó con violencia a Norte contra el suelo rocoso. El sonido que se produjo con el golpe fue agudo y escalofriante. El juguete de Norte yacía hecho añicos.

Katherine, haciendo una fuerza que incluso le sorprendió a sí misma, se zafó de los temores. No iba a gritar en absoluto. Reunió enseguida los pedazos del cuerpo de Norte con cuidado. Ombric le había enseñado —se lo había enseñado a todos— que el verdadero poder de la magia reside en tener fe. Y había visto con sus propios ojos que funcionaba. Y podía volver a ocurrir. Tenía que volver a ocurrir.

Sombra estaba a solo unos pasos de ella. En apenas un momento se la llevaría y la convertiría en un temor. La risa socarrona de Sombra retumbaba por toda la cueva.

—Serás un temor de lo más peleón —dijo entre carcajadas.

Los brazos robóticos del genio, los mismos que la recogieron con tanto cuidado aquel día en la Gran Raíz, se abalanzaron con violencia sobre ella. Entonces. Se. Pararon. Sombra no pudo acercarse más. Hizo toda la fuerza que pudo, pero los brazos de la máquina no obedecían.

—Esto no puede ser —murmuró incrédulo.

Katherine no perdió ni un segundo. Sus manos actuaron con habilidad, y en cuanto colocó el último pedazo de Norte en su sitio, respiró hondo y susurró el primer conjuro de Ombric:

—Tengo fe, tengo fe, tengo fe. Por favor, vuelve a ser real. Va a funcionar. Tengo fe...

Pero antes de que Katherine pudiera terminar su súplica, un ruido espantoso vino de fuera de la cueva. Al principio pensó que era un trueno, pero al hacerse más cercano y más fuerte, se dio cuenta de que provenía de la tierra y del cielo. Miró hacia la entrada de la cueva, igual que Sombra y sus temores. El cielo se estaba aclarando. El ruido se intensificó hasta que la cueva empezó a temblar. En el exterior sonaban gritos y aullidos de temores y hombres de las pesadillas.

Entonces, sin ningún aviso previo, toda la parte superior de la montaña explotó. Todos se agacharon para protegerse, pero en medio de la nieve y la roca pulverizada se dieron cuenta de que estaban a salvo. De pronto estaban expuestos. Al estar al aire libre, podían ver lo que les rodeaba. Era una visión épica. En cada montaña y cada valle había enjambres de hombres de las pesadillas y temores. Cada centímetro estaba repleto de hordas de las sombras. Pero una ola de magníficas criaturas peludas, blancas como la nieve, grandes como el oso y armadas hasta los dientes los sitiaba por doquier. Avanzaban contra las criaturas de Sombra como las olas del mar sobre la arena. El ensordecedor rugido del trueno dividió las nubes para dejar que la Luna alumbrara la región. De ella descendió una flota de luces de luna comandadas ni más ni menos que por el niño espectral. Peinaron los cielos, derribando cualquier criatura oscura que se enfrentara a ellas.

La rabia de Sombra se agudizó hasta volverse mortalmente afilada. Se dirigió hacia Katherine y los demás. Lo que vio le enfureció todavía más.

Norte estaba en pie frente a él. Ya no era un juguete, sino un hombre con la cabeza inclinada hacia atrás en posición desafiante, la capa aleteando al viento y un sable desenvainado en cada mano. ¡Katherine, o alguna otra fuerza, había roto el hechizo!

—Diablillo oscuro y siniestro —le dijo a Sombra con alegre sarcasmo—, qué molesto te has vuelto.

Entonces se lanzó contra Sombra lleno de furia. Las hojas golpeaban a una velocidad que parecía imposible. Katherine apenas podía creer lo que veía. Norte había vuelto, y de qué manera. Si Sombra era más rápido que cualquier humano, Norte era su rival perfecto. Sus sables chocaban produciendo chispas. Y cada luchador se burlaba de su contrincante.

—¿Qué se siente cuando tu propio invento es mejor que tú en todo? —le desafió Sombra.

Norte sonrió y contestó:

—Lo que hago con las manos, lo destruyo con las manos.

—He hundido planetas enteros, ladronzuelo. No eres más que una molestia para mí.

Norte meneó la cabeza y bajó las dos armas. Se puso derecho, abrió los brazos y cerró los ojos.

—Dame tu peor golpe —dijo con calma.

—¿Qué clase de truco es este? —preguntó Sombra—. Podría cortarte por la mitad antes de que levantes la espada.

Pero Norte permaneció inmóvil, con una tranquilidad insultante. Incluso empezó a silbar.

Sombra no pudo más. Blandió la espada con todas sus fuerzas, pero su brazo metálico se detuvo a un centímetro de la ceja de su rival.

Sombra estaba estupefacto de nuevo. Norte abrió los ojos, miró a Katherine y le hizo un guiño.

—Es por el dibujo que lleva en el pecho —dijo furtivamente–. Puede convertirnos en muñecos, pero no puede hacernos daño de verdad con sus propias manos. Tu dibujo es muy poderoso, pequeña.

Sombra tuvo tiempo suficiente para procesar lo que había dicho Norte... y para darse cuenta de que lo habían derrotado. Por ahora.

Katherine casi se rio de alivio y asombro.

Sombra echó un vistazo a la batalla que se libraba a su alrededor. Estaba claro que sus tropas se estaban llevando la peor parte. No era idiota. Se volvió de golpe hacia Norte y Katherine.

–Me quedaré al genio de regalo. Digamos que «me sienta bien».

Después echó a volar, transformándose en el aparato volador del genio. En cuestión de segundos, sus secuaces y él no eran más que motas negras en el horizonte, desapareciendo hacia el oeste, justo antes de que despuntara el amanecer.

CAPÍTULO VEINTICUATRO

◄•►

El Final del Viaje

TAN SOLO HABÍAN TRANSCURRIDO unos minutos desde la retirada de Sombra, pero habían estado llenos de asombro y sorpresas.

El conjuro de esclavitud de Sombra solo había afectado en parte a Ombric. Al igual que Norte, su cuerpo físico se había convertido en un juguete, pero siglos atrás, el hechicero había aprendido a separar su mente del cuerpo. Lo llamaba «proyección astral» y lo llevaba a cabo muy raramente.

−Es muy arriesgado −le explicó a Norte−. Uno no puede estar seguro de qué estará haciendo el cuerpo mientras la mente está fuera, y eso le agota a uno la energía. Estaré varios meses muerto de hambre.

Y, de hecho, Ombric había estado comiendo provisiones de la bolsa infinita sin cesar desde que regresó a su cuerpo. Parecía disfrutar relatándoles a Norte y Katherine su aventura, ya que caminaba de un lado para otro excitado.

Les contó que cuando Sombra lanzó su conjuro, Ombric se proyectó al templo de los lamas lunares. Los lamas lunares eran una misteriosa hermandad de hombres santos que dedicaban su vida al estudio de la Luna. Su templo, llamado en realidad Lamadario Lunar, era el verdadero destino de Ombric de aquel viaje.

La historia no conserva datos precisos de cómo los lamas lunares llegaron a existir o por qué decidieron dedicarse a la Luna y al hombre que reinaba en ella. Ombric había oído hablar de ellos por primera vez de niño, en la Atlántida, e incluso las mentes más privilegiadas de aquel lugar perdido hace siglos los consideraban alusivos y desconcertantes. Pero, en sus adentros, Ombric sabía que aquellos hombres como mínimo se interesarían por el regreso de Sombra y que podrían ayudarle como nadie más en la Tierra.

Los lamas lunares eran extremadamente reservados y cautos. Nunca se ponían en contacto con el

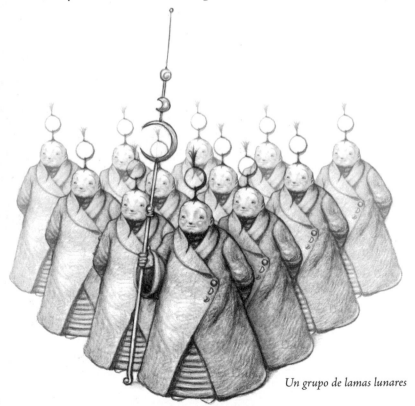

Un grupo de lamas lunares

mundo exterior, ni siquiera con magos de la talla de Ombric. Y cuando este llegó, no fueron en absoluto acogedores. Ombric discutió con ellos. ¿Acaso tenían la reliquia del *Clíper Luna*? ¿Algo que se hubiera caído a la Tierra? ¿Algo con gran poder? Pero los lamas habían jurado guardar en secreto todo su conocimiento hasta que se les ordenara lo contrario.

Al parecer, tenían una manera de comunicarse directamente con el Hombre de la Luna, aunque solo lo invocaban en las circunstancias más extraordinarias.

—¿Qué circunstancias podrían ser más extraordinarias que estas? —preguntó Ombric—. ¡Sombra está aquí! ¡Sus hordas están al otro lado de aquellas cimas de allí! ¡¡¡El enemigo acérrimo de vuestro señor ha regresado armado hasta los dientes para algo mucho peor que malvado!!!

Pero los lamas lunares eran los hombres más serenos de la Tierra, y por mucho que discutieran, no iban a darse prisa. Se reunieron en el patio, paseando en silencio con sus zapatillas plateadas, con las manos ocultas en las mangas de sus abombadas y sedosas túnicas y con las caras redondas como la luna, y sosegadas e inescrutables como melones.

—Agradecemos su preocupación —dijo un lama.

—Entendemos su frustración —añadió otro.

—Simpatizamos con usted por completo —prosiguió el siguiente.

—Lamentamos la situación —aclaró el cuarto.

—Tenemos que recibir una señal —dijo otro.

—Esperamos que lo entienda —se disculpó el último.

—Lo sentimos —concluyó con una sonrisa el que había hablado primero.

La respuesta había dejado lívido a Ombric. Tenía suerte de estar proyectándose astralmente, ya que si hubiese estado allí de forma física, habría dado un puñetazo en la cara de luna a todos y cada uno de esos santos varones.

Después ocurrió algo de lo más favorable. El niño espectral bajó del cielo como un rayo. Aterrizó en el patio del Lamadario, derrapando hasta quedarse parado en frente de donde estaban Ombric y los lamas. Llevaba el bastón en la mano con la daga resplandeciente en la punta.

Ombric lo reconoció de inmediato: era el mismo niño que había alejado a los temores de Santoff Claussen. Y resultó evidente que los lamas también lo habían reconocido al instante. Su respuesta al recién llegado no pudo sorprender más a Ombric. Se pusieron a cuchichear, después se postraron y se inclinaron hasta tocar el suelo con la frente. Ombric respiró profundamente, haciendo un esfuerzo por morderse la lengua. Y lo cierto es que tuvo que hacer un enorme esfuerzo. Ahí estaba, el mago más poderoso del lugar, y aquellos lamas estaban postrándose... ¡postrándose!... ante ese... ¡ese niño! Con las cabezas todavía contra el suelo, los lamas empezaron a hablar a la vez.

—¡Esta es la señal que estábamos esperando!

—¡Desde los orígenes de nuestra orden!

—¡El guardián del Hombre de la Luna!

—¡El de la daga de diamante!

—¡El que venció a Sombra!

—¡El llamado Luz Nocturna!

Luz Nocturna. Ombric nunca había visto ese nombre en los textos antiguos sobre la Edad de Oro. Se fijó en el niño. Parecía todo brazos, piernas y sonrisa, y emitía la tenue luz de una joven luciérnaga. ¿Podía ese chiquillo tener tanta importancia?

Los lamas señalaron un enorme *gong* que colgaba tras ellos, invitando a Ombric a que se acercara. A todas luces, era una de sus posesiones más valiosas. Ombric sintió un escalofrío de excitación cuando lo examinó. El *gong* no solo era un instrumento hermoso; sus complejos grabados contaban una historia... ¡La historia del Hombre de la Luna!

—El Zar Lunar nos lo contó hace siglos —dijo el Gran Lama—. Es tal y como lo vio, lo vivió y lo recordó.

Allí estaba, en una imagen gloriosa tras otra, según el propio Zar Lunar. El majestuoso *Clíper Luna* a toda vela. Los felices lunabots y los lunatones. Ombric apenas podía serenarse para asimilar todo aquello, pero entonces vio en el lado más lejano la parte de la historia que siempre le había parecido un misterio. Ombric miró al niño de la imagen y al niño que tenía en frente. Eran el mismo. ¡Era cierto! Ese niño había sido el amigo leal y guardián del joven Hombre de la Luna. Había protegido de las pesadillas al príncipe, y su daga de diamante había atravesado el corazón negro de Sombra en el momento cumbre de la batalla. Aquel acto había sido el causante de la gran explosión que salvó al Hombre de la Luna y lanzó en picado el galeón de Sombra a la Tierra, donde se estrelló como un meteorito y quedó oculto bajo tierra durante siglos. Ese niño espectral era un verdadero héroe.

—¡LUZ NOCTURNA! —gritaron los lamas al unísono.

—Luz Nocturna, sin duda —coincidió Ombric sorprendido.

El niño se balanceó sobre los talones ante ellos con una mirada confusa en sus pálidos ojos verdes. Hacía mucho tiempo que no lo oía, pero su nombre seguía existiendo en él como un recuerdo remoto. Ladeó la cabeza, y luego la sacudió. A Luz Nocturna solo le importaba el aquí y el ahora. ¡La batalla continuaba! Apuntó hacia el cielo con el bastón. Los lamas y Ombric miraron hacia arriba. Los secuaces de Sombra se estaban lanzando sobre ellos. Habían seguido a Luz Nocturna hasta allí, tal y como este había planeado. Había observado a los lamas lunares y sabía que tenían las mejores armas contra aquellas criaturas sombrías.

Para asombro de Ombric, los lamas pasaron de ser estatuas murmuradoras a hombres de acción.

Sonaron campanas y cuernos. Y un ruido sonoro, como si la Tierra misma estuviera creciendo, llenó el patio.

Ombric miró hacia fuera a través de las columnas que señalaban la entrada al edificio. Una legión de criaturas de la nieve gigantes y peludas se estaba formando fuera del Lamadario. ¡Era un ejército de abominables hombres de las nieves! Ombric había leído sobre ellos pero nunca había visto ninguno. Poseían un increíble arsenal de mazas relucientes, espadas y arpones, todo forjado con polvo de estrellas caídas. Las criaturas se inmovilizaron cuando los lamas empezaron a tocar sus cuernos tribales, los cuernos que sonaban como la carga en la batalla.

Los Yetis y sus Armas

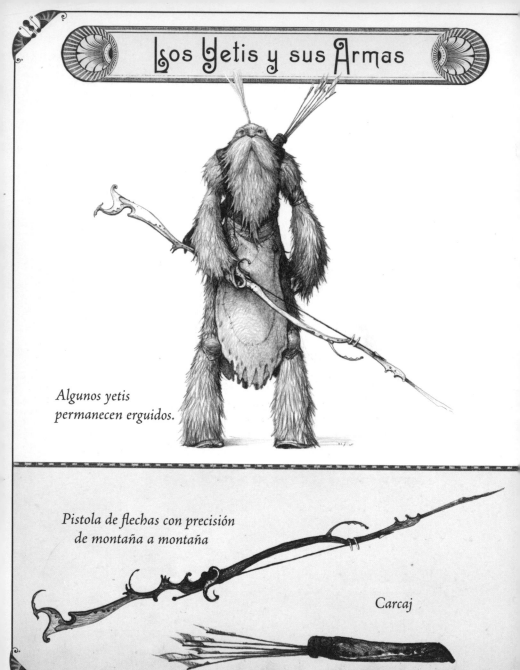

Algunos yetis permanecen erguidos.

Pistola de flechas con precisión de montaña a montaña

Carcaj

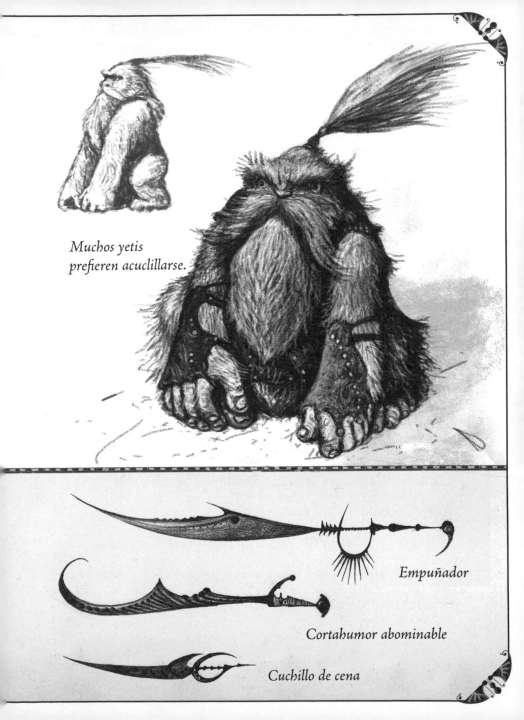

Muchos yetis prefieren acuclillarse.

Empuñador

Cortahumor abominable

Cuchillo de cena

Y, en efecto, cargaron liderados por Luz Nocturna a través de las montañas y hacia el lugar donde Sombra había atrapado a Katherine y los demás. Los lamas acompañaron al ejército, arremolinándose como tornados, derviches o espíritus.

Ombric se proyectó al instante tras ellos. Y llegó, naturalmente, en el momento más oportuno: justo cuando la batalla había llegado a su punto álgido y Norte estaba recuperando su tamaño real. Pero Ombric no lo sabía; todavía estaba surcando el cielo. Tenía miedo de llegar demasiado tarde para salvar a sus amigos, así que redujo a polvo la cima de la montaña en un intento desesperado por intervenir. Aunque a Ombric le costaba admitirlo, ahora pensaba que se había excedido, aunque no mucho.

—Un conjuro muy poco sutil —reconoció al acabar de contar su historia—. Más bien algo que tú, Nicolás, habrías hecho en otra época... Sin querer, podría haberle hecho daño a alguien: a un reno, o incluso a la pequeña Katherine. No sé qué me ha pasado.

Incluso una proyección astral puede ruborizarse, y eso mismo le pasó a Ombric por primera vez en varios cientos de años. Norte se rio asombrado.

—¡Estás más rojo que el sol poniente, viejo! —dijo Norte burlón.

—Solo estaba preocupado por nosotros —le interrumpió Katherine.

—¡Bah! —refunfuñó Ombric.

Después se puso a buscar entre los pedazos pulverizados de la montaña hasta que encontró su cuerpo de juguete. Se proyectó dentro. Pocos momentos después, había roto el último vestigio del hechizo de Sombra y volvió, igual que Norte, a su ser de carne y hueso.

Norte frunció el ceño.

—¿Cómo has hecho eso? Y dime, ¿cómo lo he hecho yo?

El hechicero hizo una pausa y observó a su aprendiz.

—Ya sabes, una ensoñación usada correctamente puede ser la mayor fuerza del universo. Solo hace falta soñar la libertad para empezar a romper el conjuro de esclavitud.

Norte asintió. Su maestro tenía razón, pero sabía que en su caso había sido diferente.

—Ha sido algo más que una ensoñación lo que me ha hecho volver, viejo. —Miró a Katherine.— Tú me has salvado, de muchas maneras…

Alargó la mano hacia la brújula que colgaba de la solapa de Katherine. Su regalo les había sido a los dos de mucha utilidad. Katherine había vivido su gran aventura y Norte había encontrado a una amiga para toda la vida. Se volvió hacia el viejo hechicero y dijo:

—Fui a tu pueblo en busca de un tesoro. Pero encontré uno mejor de lo que imaginaba.

Ombric miró al suelo y permaneció en silencio un momento. Cuando habló, lo hizo con una compasión dulce y verdadera.

—Una vez te dije que no hay magia en el mundo que pueda cambiar un corazón humano. Tú has demostrado que me había equivocado, joven amigo.

Después sonrió de oreja a oreja, como no había hecho durante siglos.

Pero los amigos no podían alargar aquel maravilloso momento. Una vez que todos estaban a salvo, corrieron al Lamadario Lunar. Los lamas les habían considerado dignos del mayor honor que la hermandad podía otorgar, y la ceremonia estaba a punto de empezar.

—En ningún otro lugar de la Tierra la luz es tan resplandeciente y clara como en las montañas del Himalaya —dijo Ombric con alegría mientras estaba en compañía de Norte y Katherine en lo alto de la torre del Lamadario Lunar–. Ningún otro lugar está tan cerca de la Luna. ¡Estamos en el punto más alto del mundo!

Y uno de los más hermosos. El Lamadario era un palacio sencillo con mosaicos de lapislázuli y ópalo que lograba mantener la sensación fresca y serena de la luz de la luna a pesar del sol de la mañana.

Empezaron a retumbar campanas y *gongs* por todo el templo, que estaba situado en el centro del Lamadario. Katherine no podía dejar de mirar los bordes del tejado, donde miles de campanillas plateadas repicaban con la más ligera brisa.

–¿Qué creéis que nos van a dar? –preguntó la niña.

–Espero que sea comida –bromeó Norte–. Ombric ya se ha comido todo lo que ha encontrado, y me temo que pronto empezará a mordisquear mi abrigo.

Ombric les mandó callar cuando entraron en el patio. La hermandad de lamas estaba al completo y en formación militar, al igual que una guardia de honor de los guerreros lanudos gigantes.

—¿Cómo decías que se llaman? —susurró Katherine.

—En el mundo exterior los llaman abominables hombres de las nieves, pero para los lamas son yetis —respondió Ombric en un murmullo.

Las corpulentas criaturas jamás habían visto a una niña y estaban fascinados con Katherine, al igual que los habitantes del Lamadario, especialmente media docena de pájaros que estaban al cuidado de los lamas y que tenían las puntas de las alas de color plateado. Eran los gansos blancos gigantes del Himalaya, una especie de ave desconocida fuera del Lamadario.

Ombric reflexionó en voz alta:

—Tengo que acordarme de apuntar esos gansos en mis cuadernos.

Katherine ya había escrito sobre ellos en su diario. Era la única niña del mundo que los había visto.

—Me encantaría volar sobre su lomo. Son lo bastante grandes —susurró con fuerza, pero Ombric se llevó un dedo a los labios y la pequeña comprendió que era el momento de guardar silencio.

El trío fue acompañado hasta el centro del patio. Los renos pacían en los extremos, y cuando pasaron por su lado, alzaron las astas para saludar. Katherine no podía quitar los ojos del fabuloso *gong* del que Ombric les había hablado. Examinó los grabados en busca de su amigo, el niño espectral: Luz Nocturna. (Se alegraba de saber por fin cómo se llamaba.) *¿Dónde está Luz Nocturna?*, se preguntó. *Es él quien realmente debería estar aquí.* Pero la ceremonia empezó sin él.

El Gran Lama, que tenía exactamente el mismo aspecto que los demás lamas salvo por el cetro dorado que portaba, avanzó y tañó el gran *gong*. Los visitantes jamás habían oído un sonido tan melodioso.

Mientras sonaba, el *gong* empezó a transformarse de metal a una sustancia clara y parecida al cristal. A través de su lechosa translucidez se podía ver la Luna. El aire se llenó de murmullos y especulaciones. ¿Podía ser? ¿Había llegado el momento que los lamas —y todo el mundo— habían estado esperando? A medida que el *gong* dejaba de retumbar, la Luna pareció crecer. Luego surgió un rostro de los cráteres. Los lamas se postraron al instante en señal de reverencia. Frente a ellos estaba el rostro más amable y gentil que se podía uno imaginar.

—¡El Zar Lunar! —dijo Ombric boquiabierto. Agarró a Katherine por el codo.

Sí. Era el Hombre de la Luna.

Su imagen tembló y menguó, como la luz a través de exuberantes árboles mecidos por el viento. Su imagen no era estable, ya que aparecía ensombrecida por puntos e interferencias, pero no había duda de que estaba allí. Su voz era sosegada y aterciopelada, casi musical.

—Saludos, valerosos amigos —comenzó—. Os habéis enfrentado al mal más grande de todos los tiempos y, sin embargo, no habéis flaqueado. Cada uno de vosotros ha estado dispuesto a sacrificar todo por esta causa. Qué valentía. Qué habilidad. ¡Qué sabiduría habéis demostrado! Por ello os doy las gracias de corazón.

Norte, Ombric y Katherine, que se sentían modestos y cohibidos, hicieron extrañas reverencias.

—Pero esta lucha no ha terminado —prosiguió el Hombre de la Luna—. Sombra vive y no se detendrá. ¿Podríais… querríais… seguir luchando?

Los tres se miraron entre sí un instante, pero ya sabían cuál sería su respuesta. Norte desenvainó la

Una audiencia con el Zar Lunar,
¡el Hombre de la Luna!

espada y la sostuvo con aire militar. Ombric hizo lo mismo con su bastón y Katherine alzó su daga.

El Hombre de la Luna les sonrió con tanta calidez y amistad, que cualquiera que lo viera sentiría que, aunque había muchas pruebas por delante, todo saldría bien.

—Entonces necesitaréis ayuda —dijo el Zar Lunar.

Entonces, el Gran Lama sacó un arma antigua de su túnica y se la mostró. Era una espada tan extraña que Norte, que creía que conocía (y que había utilizado) todas las armas del mundo, se acercó para observarla desde más cerca. En la hoja había un círculo dorado que brillaba y en la punta había una luna creciente.

—Otros cuatro pedazos del *Clíper Luna* cayeron en la Tierra durante la última batalla de la Edad de Oro —explicó el Hombre de la Luna—. Si reunís esas cinco piezas, formarán un arma extraordinaria contra Sombra. El primer fragmento es la espada de mi padre. Pero no es una espada solo para la batalla. Sus funciones encierran muchos secretos de la Edad de Oro. Quien la empuñe tendrá que poseer mucho conocimiento, sabiduría y valor. ¿Quién de vosotros la tomará?

Tanto Norte como Katherine pensaron enseguida en Ombric, pero antes de que pudieran hablar, el hechicero dio un paso adelante. Tomó la espada de manos del Gran Lama y la examinó con su intensidad habitual. *Oh, qué secretos contendrá esta espada*, pensó. Los secretos antiguos que acabará revelando. Pero, acto seguido, alzó las cejas y miró a Norte, y con un movimiento rápido le dio el arma.

—Ya no eres mi aprendiz —dijo Ombric con una calidez que Norte solo había oído cuando el hechicero se dirigía a Katherine—. Has aprendido todas las lecciones que podía enseñarte y te lo has ganado.

Norte estaba estupefacto. Y, por primera vez en su vida, se sentía completamente inseguro.

—Ombric... No estoy listo ni lo merezco. Tú has esperado toda la vida...

—Ombric tiene razón —le interrumpió Katherine en voz baja.

Norte la miró, buscando algo en su joven y valiente rostro. Ella siempre sabía lo que le convenía. *A su manera, puede que sea más sabia que Ombric*, pensó.

Así pues, Norte tomó la espada. Al empuñarla, sintió una oleada de emociones, pero también una extraña calma, la certeza de tener un propósito, la sensación de pertenecer a algo que antes no sabía que existía, como si tuviese toda la vida por delante y ya supiese cómo iba a ser. Sería como el sueño de Katherine.

Alzó la mirada hacia la imagen del Hombre de la Luna, que esperaba una respuesta.

—Prometo que la usaré sabia y correctamente —dijo Norte—. Ahora y siempre.

Oculto en lo alto de la torre más elevada del Lamadario estaba Luz Nocturna. Su concentración estaba algo dispersa: estaba escrutando las montañas cercanas en busca de algún rastro de Sombra, pero quería unirse a sus amigos. Se acercó el bastón al rostro. La pequeña luz de luna de la daga de diamante —aquella luz de luna que había desencadenado todo aquel drama durante una noche de invierno que ya parecía muy lejana— pudo sentir sus deseos. Brilló con fuerza y pareció decir: «Ve. Ahora estamos a salvo.»

Luz Nocturna lanzó su carcajada perfecta y descendió volando para unirse a los demás.

Aterrizó en el Lamadario, veloz y juguetón. Agarró a Katherine de la mano y se la llevó volando. Los lamas vitorearon. Los gansos blancos graznaron. Ombric sacó una galleta enorme que se había guardado en la túnica y se la comió alegremente. Luz Nocturna y Katherine volaron en espiral por el cielo. El Hombre de la Luna emitió más luz de la que los lamas habían visto nunca. Y durante aquel día, el mundo pareció un lugar seguro.

Las semanas siguientes fueron tranquilas. Se habían ganado un buen descanso. Ombric comía tanto, que los yetis (que, curiosamente, eran unos cocineros excelentes) apenas podían seguirle el ritmo.

—Dudo que volvamos a tener unos días tan plácidos —bromeó Norte unos días después, mientras estaba con Katherine frente al pretil del templo.

Katherine estaba dibujando gansos blancos en su diario.

—Supongo que son nuestros días idílicos —añadió Norte.

—¿Días idílicos? —preguntó Katherine.

—Bueno, es una de esas antiguas expresiones que a Ombric tanto le gusta usar. Significa días de felicidad sin preocupaciones. —Norte sonrió y añadió:— Yo prefiero las batallas y las aventuras.

Katherine sabía a qué se refería. Sus vidas ahora estaban llenas de nuevas maravillas: abominables hombres de las nieves, gansos blancos gigantes, lamas lunares… Se preguntó si Santoff Claussen seguiría pareciéndole su hogar. Cerró los ojos un momento para recordar cómo había sido su vida. Aparecieron imágenes de los aldeanos —William el Viejo, el pequeño Niebla, el oso, Petrov— y la Gran Raíz. Todo aquello inundó su memoria. Lo echaba de menos, pero se había acostumbrado a todo aquel peligro y a las aventuras. A pesar de todo, sintió una extraña paz.

—Es la felicidad de la victoria —le explicó Norte—. Es un sentimiento al que te tienes que acostumbrar.

El rostro de Katherine se volvió serio.

—Pero no hemos derrotado a Sombra.

—Es cierto, pero hemos sobrevivido y seguiremos luchando.

Katherine pensó en eso. Después sacó un carboncillo nuevo del bolsillo del abrigo y se puso a dibujar. Norte miró hacia el horizonte y pensó en el sueño que le había dado Katherine. La ciudad reluciente que construiría algún día y el hombre que llegaría a ser.

Los dos tenían un futuro extraño y excitante por delante. Las posibilidades eran infinitas. Librarían batallas. Descubrirían maravillas. Habría muchos viajes. Muchas tierras. Muchas alegrías. Muchas penas.

Historias, a fin de cuentas…

No te pierdas la próxima entrega
de nuestra saga

◆

Conejo
de Pascua
y su ejército
en el centro de la Tierra